꽃이 피는 의자

꽃이 피는 의자

유승희 동화집

개미

지금은 어엿한 청년이 되었을 그 아이,

10년 전 추운 겨울날 맨발로 학교에 온

엄마 아빠를 잃고 늘 울먹이던

그 아이의 모습이 내내 떠나지 않았고,

그래서인지 작품 속에서 외로운 아이들이

이 책의 글수레를 끌고 갑니다.

지금은 어엿한 청년이 되었을 그 아이를 생각하며

어려운 처지에 있는 아이들에게

밝고 맑은 희망과 위로를 주고 싶은 마음으로 글을 씁니다.

이 세상의 모든 어린이들이

어린이다운 어린시절을 겪고

늠름한 나무, 아름다운 꽃으로 자라기를 두 손 모아 기도합니다.

| 차례 |

도깨비 빤스

내가 마루에 앉아서 피리를 불고 있을 때, 아빠가 자전거를 타고 비탈길을 내려오는 모습이 보였어요. 그런데 아빠 자전거 뒷자리에 누군가 타고 있는 게 아니겠어요? 그래서 아하, 아빠가 읍내에서 친구 아저씨를 싣고 오시나보다 했는데, 아빠 자전거가 마당에 들어서자마자, 뒷자리에 타고 있던 사람이 하늘로 쑤욱 솟아오르더니, 마침 날아가던 황새 등에 탁 올라타고 깨붕산 골짜기 쪽으로 날아가는 모습이 내 눈에 보였어요.

나는 아빠에게 달려갔습니다.

"아빠, 무슨 일이에요?"

"뭘 말이니?"

"아빠 자전거 뒤에 누군가 타고 있었어요. 그러다 황새를 타고 하늘로 날아갔어요."

그러자 아빠는 발그레 웃으며

"오늘도 장난을 하는구나. 네가 소문난 장난꾸러기라는 걸 동네 사람들이 다 알지 뭐냐."

아빠는 손을 씻으려고 우물가로 가셨어요.

나는 아빠 자전거를 살펴보았습니다. 그런데 뒷자리에 누런 털이 북슬북슬 난 반바지가 놓여 있었어요.

나는 우선 털 반바지를 입어보기로 마음을 먹었습니다. 반바지를 입어보니 내가 입기에는 좀 큰데, 허리춤에 있는 빨간색 줄을 바짝 잡아당기니 몸에 맞았어요.

"쌍구야. 쌍구야."

아빠가 우물가에서 나를 부르는 소리가 들리길래 나는 곧장 아빠에게 달려갔습니다. 그런데 이상하게도 아빠는 계속 내 이름을 부르고 계셨어요. 내가 아빠 등에 팔짝 뛰어오르기도 했지만 아빠 눈에는 내가 보이지도 않고 내 목소리가 들리지도 않는가 봅니다.

슬슬 겁이 났습니다. 내가 한 짓이라곤 자전거 뒷자리에 있던 털 달린 반바지를 입은 것 뿐인데 정말 이상한 일이 생기고 말았습니다.

나는 얼른 방으로 들어가 반바지를 벗어서 벽장 속에 넣어 버렸어요.

"쌍구야. 쌍구야아."

아빠가 애타게 부르는 소리가 들렸습니다. 나는 우물가로 달려갔습니다.

"깨봉산 호박밭에 다녀올 테니 구구단 외우고 있어라. 방학이라고 매일 피리만 불면 앞산 구렁이가 놀러 온다."

아빠는 밀짚모자를 쓰고 호미와 망태기를 챙겨 들고 대문을 나섰습니다.

아빠가 보이지 않자 나는 마루에 앉아서 피리를 불기 시작했습니다. 한참 동안 피리를 불고 있는데 갑자기 몸에 누런 털이 잔뜩 난 사람이 대문으로 쑤욱 들어왔습니다. 그 사람은 사탕처럼 붉고 커다란 눈을 번뜩이며 말했습니다.

"야, 나 도깨비인데 방금 들린 소리는 도대체 뭐냐?"

나는 도깨비라는 말에 깜짝 놀랐지만 언젠가 엄마가 들려 준 멍청한 도깨비 이야기를 생각하니 무섭지 않았습니다.

"피리 소리야."

"피리 소리? 참 듣기 좋구나. 좀 더 듣고 싶은데 지금 내가 그럴 형편이 아니야. 아주 소중한 걸 잃어버렸거든."

"소중한거? 그게 뭔대?"

"빤스. 너 혹시 내 빤스 못 봤니? 너희 집에 떨어뜨린 거 같은데……."

"그거 어떻게 생긴건데?"

내가 묻자 도깨비가 우쭐거리는 표정으로 말했습니다.

"황금처럼 누런 빛깔에 햇빛처럼 반짝반짝 빛나는 털이 나 있지."

나는 벽장 속의 반바지가 도깨비 빤스라고 생각하니 영 기분이 나빴지만 시치미를 뚝 떼고 말했습니다.

"그 빤스는 어디에 쓰는 거야?"

"그건 우리 도깨비 족속의 비밀인데……."

도깨비는 그렇게 말하고 눈알을 이리저리 굴렸습니다.

"그럼 관둬. 내가 찾아보려고 했는데 그만둬야겠네."

그러자 도깨비가 울상을 지으며 말했습니다.

"알았어. 알았어. 말할게. 그 빤스만 입으면 이 세상, 아니 하늘 끝 별나라까지도 갈 수가 있어. 그곳에는 수많은 별들이 있지. 어떤 별에는 반짝반짝 빛나는 보석이 잔뜩 쌓여 있고, 또 기가 막히게 맛있는 케이크가 수북이 쌓여 있는 별도 있고 이제 막 로봇이 태어나고 있는 별도 있어. 그리고 또 음음……."

도깨비가 말하는 사이에 나는 그만 숨이 막힐 뻔했습니다.

'그런 나라가 있다니, 도깨비 빤스만 입으면 그런 나라에 갈 수가

있다니…….'

나는 기뻐서 펄쩍 뛰었습니다.

"그 별나라에 가려면 빤스만 입으면 되는 거야?

내가 묻자 도깨비는 고개를 저으며 말했습니다.

"빤스를 입는다고 다 되는 건 아니야. 또 다른 비밀은 깨봉산 도깨비들이 알고 있어. 그건 그렇고 내 빤스 좀 꼭 찾아 줘. 난 부끄러워서 친구들한테 갈 수도 없어. 흑흑……."

도깨비는 구슬 같은 눈물을 뚝뚝 흘렸습니다.

"알았어. 찾아볼게."

도깨비는 훌쩍거리며 어디론가 사라졌습니다.

도깨비가 사라진 후 나는 얼른 옷을 벗고 벽장에서 누런 도깨비 빤스를 꺼내어 입었습니다. 그리고 피리를 들고 아빠가 일하고 있는 깨봉산 아래 호박밭으로 가는데, 어디선가 소란스럽게 떠들어대는 소리가 들렸습니다. 소리 나는 곳으로 가보니 산비탈 빈집에 여섯 명의 도깨비들이 모여 있는데 모두가 나랑 똑같은 빤스를 입고 있었습니다. 내가 슬슬 다가가자 그중 키가 크고 얼굴이 장승처럼 생긴 도깨비가 말했습니다.

"어, 친구! 어서와."

내가 시치미를 뚝 떼고 마루에 걸터앉으니까 떠들고 있던 다른 도깨비들이 눈을 왕방울처럼 크게 뜨고 나를 유심히 쳐다보기 시작했습니다. 그러다가 털이 유난히 길고 팔이 울퉁불퉁 살이 찐 애꾸눈 도깨비가 고개를 갸웃거리며 말했습니다.

"이상하네. 빤스는 우리 족속의 것인데 몸뚱이는 아니란 말야. 야, 너 도대체 어디 사는 도깨비냐?"

나는 시치미를 뚝 떼고 말했습니다.

"나는 이집트에서 온 도깨비인데 우리 이집트 도깨비들은 나처럼 몸에 털이 없어."

도깨비들은 내 말에 고개를 끄덕였습니다. 그러자 머리에 빨간 리본을 맨 키 작은 노깨비가 말했습니다.

"그런데 네 손에 든 것이 대체 뭐야? 혹시 우릴 때리려고 가져온 몽둥이는 아니겠지?"

"이건 피리라는 건데 우리 엄마가 잘 불던 악기야. 내게도 가르쳐 주셨지. 그리고 돌아가시면서 날더러 날마다 피리를 불라고 하셨어. 그러면 좋은 일이 생긴다고."

그러자 빼빼 마르고 못생긴 도깨비가 웃기 시작했습니다.

"킥킥 킥킥……. 거짓말이지. 거짓말이지. 피리를 불면 좋은 일이 생긴다는 건 거짓말이지. 멍청이 꿀꿀이, 멍청이 꿀꿀이……."

나는 화가 나서 빼빼 마른 도깨비의 머리를 때렸습니다. 갑자기 빼빼 마른 도깨비가 눈을 허옇게 뒤집고 손을 휘저으며 땅바닥에 쓰러졌습니다. 그러자 다른 도깨비들이 큰소리로 떠들어대며 야단법석을 떨기 시작했습니다. 몸이 뚱뚱한 뚱보 도깨비가 작은 유리병 속에 든 파란 물약을 빼빼 마른 도깨비의 입에 넣자 죽은 듯이 누워 있던 빼빼 마른 도깨비가 벌떡 일어났습니다. 그리고 사방을 둘러보다가 나를 발견하고는 붉은 구슬 같은 눈알을 굴리며 다가왔습니다. 나는 도망을 치기 시작했습니다. 하지만 몇 발짝도 가지 못하고 빼빼 마른 도깨비 손에 잡히고 말았습니다.

"야, 너 이집트 도깨비. 나를 이렇게 만들었으면 너도 그렇게 당해야 해. 이게 우리 도깨비 족속의 법칙이야."

그리고 내 손목을 비틀었습니다. 너무 아파서 비명을 지르는데 문득 엄마 생각이 났습니다. 그리고 엄마가 내게 하신 말씀이 떠올랐습니다.

'쌍구야. 어려운 일이 생기면 숨을 크게 쉬고 가장 하고 싶은 일이 무엇인지 생각해 보아라. 그러면 어디선가 힘이 솟을 거야.'

나는 엄마가 가르쳐준 대로 숨을 크게 쉬었습니다. 그리고 내가 지금 가장 하고 싶은 일이 무엇일까 생각해 보니 그건 피리를 부는 일이었습니다. 그래서 빼빼 마른 도깨비에게 말했습니다.

"마지막으로 내 소원 좀 들어 줘."

그러자 빼빼 마른 도깨비가 붉은 눈알을 한참 이리저리 굴리며 생각하다가 말했습니다.

　"좋아. 소원을 들어 주도록 하지. 마지막 소원을 들어주지 않으면 죽어서 나를 쫓아 올지 모르니까."

　나는 피리를 불었습니다. 엄마가 가장 좋아하는 '나뭇잎배'를 불자 정말 신기한 일이 벌어졌습니다. 도깨비들이 서로 손을 잡고 둥글게 돌며 춤을 추기 시작하는 것이 아니겠어요? 빼빼 마른 도깨비도 나를 붙잡은 손을 슬그머니 놓고 함께 춤을 추기 시작했습니다. 내가 피리를 불며 호박밭으로 가는 언덕길을 올라가자 도깨비들도 덩실덩실 춤을 추며 따라 왔습니다. 내가 '뽀뽀뽀' 노래를 빠르게 불면 도깨비들도 더 신나게 춤을 추고, 슬픈 노래를 천천히 불면 도깨비들도 천천히 춤을 추었어요.

　호박밭에 다다르자, 아빠는 호박을 따서 큰 망태기에 담고 있었습니다. 그러다가 사방을 둘러보며 말씀하셨습니다.

　"이상하네. 우리 쌍구 피리 소리가 들리는데 보이지는 않으니……. 내가 헛소리를 듣고 있나보네."

　내가 피리 부는 것을 멈추자 도깨비들이 말했습니다.

　"어이, 이집트 도깨비. 아까는 미안했네. 하지만 그게 우리들의 법칙이라서……. 이제 우리는 중요한 회의를 해야겠어. 무척 어려운 일이 생겼거든."

하고는 밭머리에 모여 앉아 회의를 시작했습니다.

먼저 애꾸눈 도깨비가 눈알을 이리저리 굴리며

"순둥이 도깨비가 빤스를 잃어버리고 어디론가 사라진 지 이제 다섯 시간이 지났다. 오늘밤 열두 시 전까지 빤스를 찾지 못하면 불쌍한 순둥이 도깨비는 이제 도깨비가 될 수 없다. 대신 사람이 되는데 그것도 아주 욕심 많고 사나운 사람이 되어서 다른 사람들을 꼬집고 때리고 물건도 빼앗는 고약한 사람이 될 것이다."

그러자 다른 도깨비들이 그래서는 안 된다는 둥 빨리 찾아야 한다는 둥 소리를 지르며 법석을 떨었습니다. 그런데 다른 도깨비들과는 달리 머리에 빨간 리본을 맨 작은 도깨비는 호박 넝쿨 사이를 돌아다니며 놀고 있었습니다. 내가 다가가자 빨간 리본 도깨비가 말했습니다.

"저 작고 예쁜 빨간 호박 한 개만 가져도 될까?"

나는 머리를 흔들며 말했습니다.

"안 돼. 그 호박은 아주 비싸서 그냥 줄 수가 없어. 왜냐면 저 호박만 갖고 있으면 얼굴이 아주 아주 예뻐지거든."

그러자 빨간 리본 도깨비가 내 곁으로 바짝 다가앉으며 조르기 시작했습니다.

"나는 저 예쁜 호박을 꼭 갖고 싶어. 네 소원을 들어 줄 테니까 내게 호박을 줘. 우리 도깨비 족속들은 남의 물건을 맘대로 훔치다가 들키면 도깨비 명예에 먹칠을 한다고 추방을 당해. 다시는 도깨비 식구가 되지 못하고 혼자 떠돌아다녀야만 해. 나는 예쁜 도깨비가 되고 싶어. 그러니 그 호박을 내게 줘. 대신 나도 네가 원하는 걸 줄게."

나는 빨간 리본 도깨비 말에 귀가 솔깃해졌습니다.

"내가 원하는 걸 줄 수 있다고? 그럼 별나라에 가는 길을 알아?"

그러자 빨간 리본 도깨비의 얼굴이 어두워졌습니다.

"알긴 아는데 그곳에 가는 건 큰 모험이야. 어쩌면 다시는 돌아오지 못할 수도 있어."

나는 예쁜 호박을 빨간 리본 도깨비에게 내밀었습니다.

"이 호박을 줄 테니 별나라에 꼭 갈 수 있도록 도와줘."

그러자 빨간 리본 도깨비는 얼굴에 웃음을 지으며 말했습니다.

"그럼 잘 들어. 눈을 감고 마음속으로 황새를 백 번 불러 봐. 간절히 불러야 해. 그리고 꼭 기억해 둬야 할 것은 돌아 올 때엔 어려운 문제 한 개를 풀어야만 돼. 만약 그 문제를 풀지 못하면 영영 돌아오지 못하게 돼."

나는 눈을 감고 생각했습니다. 그러자 엄마가 하신 말씀이 떠올랐습니다.

'무슨 일이든 도전하기도 전에 포기해서는 안 된다.'

나는 결심을 하고 마음속으로 간절하게 황새를 백 번 불렀습니다. 그러자 하늘 끝에서 커다란 황새가 다가와서 말했습니다.

"제 등에 오르시지요. 시간이 늦어집니다. 별나라 성문이 닫히기 전에 도착해야만 합니다. 어느 별로 모실까요?"

"보석별나라. 음표별나라, 그리고 케이크별나라, 로봇별나라에 가고 싶어."

그러자 황새 몸이 점점 공중으로 떠오르기 시작했습니다. 빨간 리본 도깨비가 한 손으로 빨간 호박을 안고 한 손으론 손을 흔들며 말했습니다.

"잘 다녀와. 안녕!"

황새가 하늘로 날아가자 아빠가 호박을 따고 있는 모습이 개미처럼 작아지고, 밭에서 웅성거리며 회의를 하는 도깨비들의 모습이 땅강아지처럼 작아지고 우리집 지붕이 지우개처럼 작아지고 앞산은 개똥 무더기처럼 작아보였습니다. 그리고 멀리 바다가 푸른 보자기처럼 보였습니다.

"이제 눈을 감아요. 안 그러면 저 아래로 떨어질지도 몰라요. 전에 눈을 감지 않은 도깨비가 아래로 떨어지는 걸 봤어요."

나는 눈을 꼭 감았습니다. 그런데 자꾸 귀에서 윙윙 소리가 나는 바람에 무슨 일이 벌어지고 있는지 궁금하기 짝이 없어서 살짝 실눈을 떴습니다. 그러자 갑자기 황새 몸이 마구 흔들리더니 황새 등이 거꾸로 뒤집어 지는 것이었어요.

"으악!"

그리고 내 몸이 아래로 마구 떨어지는 걸 느끼면서 정신을 잃고 말았습니다.

얼마 후, 시원한 바람이 얼굴을 스치는 걸 느끼고 눈을 떴을 때 나는 다시 황새 등을 타고 앉아 있었어요.

"어떻게 된 거지?"

내가 묻자 황새가 잔뜩 화가 난 목소리로 말했습니다.

"그러니까 말을 좀 잘 들어야지요. 하마터면 떨어져서 죽을 뻔한 것을 내가 잽싸게 내려가서 받아 올렸어요. 다시 눈을 감아요."

나는 눈을 꼭 감고 황새 목을 두 손으로 단단히 움켜잡았습니다.

한참을 더 날아가다 보니 갑자기 어디선가 물방울 수천 개가 굴러 다니는 소리가 들렸습니다. 소리가 어찌나 맑고 고운지 나는 하마터면 눈을 뜰 뻔했습니다. 황새가 말했습니다.

"이제 곧 별나라에 도착합니다. 이 별나라는 보석나라입니다."

그리고 천천히 날개를 저으며 별나라에 내려앉았습니다.

"이제 눈을 뜨세요."

내가 사방을 둘러보자 온갖 빛깔의 아름다운 보석들이 여기저기 날아다니고 있었습니다. 보석들이 날아다닐 때마다 서로 몸이 부딪히며 맑은 소리를 내고 있었습니다.

나는 보석을 잡으려고 손을 내밀었습니다. 그런데 어쩐 일인지 보석은 손가락 끝에 서 뱅그르르 돌기만 할 뿐 손에 잡히지 않았습니다.

"이상한 보석도 다 있군. 하지만 난 기어코 잡고 말거야."

그러나 아무리 손으로 잡으려고 해도 보석은 손에 잡히지 않았습니다. 내 모습을 물끄러미 쳐다보던 황새가 말했습니다.

"이 보석은 지구별에 사는 사람들을 위한 거예요. 착한 마음을 갖고 부지런히 일하는 사람에게 이 보석이 달려가지요. 아무도 모르게……."

보석이 손에 잡히지 않아서 쩔쩔매고 있는데, 멀리서 이상한 소리가 들려왔습니다. 그 소리는 조용하고 꿈을 꾸는 듯 부드럽고 이슬방울이 굴러가는 것처럼 맑고 아름다운 소리였습니다.

"저건 무슨 소리지?"

"음표별나라에서 들려오는 소리예요. 많은 음표들이 고운 소리를 내며 기다리고 있는 거랍니다."

황새의 말에 내가 물었습니다.

"음표가 기다린다고? 무엇을 기다리는 거야?"

"지구별에 사는 사람들이 노래를 부르거나 악기를 연주하려고 마음을 먹으면 음표가 아무도 모르게 날아드는 거지요. 그 사람들의 마음속으로……."

나는 황새의 말이 신기해서 견딜 수가 없었습니다.

"음표별나라에 가고 싶어."

그러자 황새가 말했습니다.

"음표별나라엔 천사와 선녀만이 갈 수 있어요. 사람이나 도깨비는 갈 수 없어요."

"왜 그러지?"

그러자 황새가 말했습니다.

"아름다운 음악은 천사와 선녀의 마음속에서 흘러나오기 때문이지요."

"그럼 어떻게 하면 천사와 선녀가 될 수 있지?"

그러자 황새가 말했습니다.

"남을 진심으로 사랑하고 축복해주는 마음을 가지면 누구나 천사와 선녀가 될 수 있답니다."

갑자기 내가 한 일들이 떠올랐습니다. 짱순이가 예쁜 치마를 입고 있을 때 치마를 슬쩍 들어 올린 일, 공부 잘하는 창길이 숙제장을 아무도 모르게 꺼내어 쓰레기통에 버리는 바람에 창길이가 선생님께 꾸중을 듣고 벌을 섰던 일, 그리고 동네 끝집에 사는 길구네 할아버지에게 열두 방구 할아버지라는 별명을 부르며 놀린 일 등 온갖 말썽을 부린 일들이……

아쉬운 마음으로 음표나라에서 들려오는 소리에 귀를 기울이고 있을 때, 갑자기 배가 고프기 시작했습니다.

"아, 배고파."

내가 말하자 황새가 날개를 펼치며 말했습니다.

"바로 저 다리 건너에 케이크나라가 있어요."

내가 황새의 등에 오르자 황새가 천천히 무지갯빛 다리 위를 지나서 날아갔습니다.

그리고 눈처럼 하얀 산에 내려앉았습니다. 사방에서 달콤한 향기가 코를 찔렀어요. 하지만 케이크는 보이지 않았습니다.

"케이크는 어디에 있는 거야?"

그러자 황새가 웃으며 말했습니다.

"우리가 서 있는 곳이 바로 케이크의 몸이에요. 이 하얀 산 전체가 케이크로 만들어졌답니다."

나는 그만 놀라고 말았습니다. 눈처럼 하얀 산이 케이크로 만들어졌다니……

나는 케이크 산을 향해 손가락을 내밀었습니다. 그러자 케이크 산은 슬쩍 뒤로 물러나버렸습니다.

"아이고, 배고파. 아이고, 배고파."

내가 배를 어루만지며 말하자 황새가 웃으며 말했습니다.

"케이크가 달아나는 걸 보니 음식을 소중하게 여기지 않았군요. 밥투정을 하고 음식을 버린 사람은 케이크를 먹을 수 없답니다."

나는 케이크를 바로 앞에 두고도 먹을 수가 없어서 몹시 슬퍼졌습니다.

"케이크를 먹을 수 없으니 이제 로봇나라에 가봅시다."

황새의 말에 로봇나라도 궁금하긴 했지만 배가 몹시 고파서 갈 수가 없었습니다.

"그냥 집에 갈 거야. 배가 고파서 견딜 수가 없어. 보석도 가져갈 수가 없고 케이크도 먹을 수가 없는 별나라가 이제 싫어."

내가 소리치자 황새가 말했습니다.

"하지만 이제 별나라에 다시 올 수 없어요. 아직 시간이 조금 남았으니 로봇을 보도록 하세요."

"알았어."

내가 황새 등에 오르자 황새는 쏜살같이 로봇나라로 날아갔습니다. 로봇나라에 가자 어디선가 이상한 소리가 들려왔습니다. 그 소리를 들으니 잠이 오기 시작했습니다.

"아이, 졸려, 저건 무슨 소리지?"

그러자 황새가 말했습니다.

"이곳에 있는 로봇들은 곧 세상으로 나갈 로봇인데 이미 나간 청소로봇, 자동차변신로봇, 수술로봇, 사이보그, 보행로봇에 이어서 만들어진 평화로봇이라는 신종 개발품이랍니다."

"평화로봇이라고?"

"예, 세상을 아름답고 편안하게 만들어 줄 로봇이랍니다."

그런데 하트 모양의 평화로봇이 다가오자 이상한 소리가 들리고 잠이 밀려 왔습니다.

내가 황새에게 물었습니다.

"왜 로봇이 다가오자 이상한 소리가 들리고 그 음악 소리를 들으니 잠이 오는 걸까?"

그러자 황새가 웃으며 대답했습니다.

"그건 이상한 소리가 아니라 심장의 박동 소리와 똑같이 만든 음악이에요. 세상에 평화가 넘치려면 사람들 마음속에 사랑이 샘물처럼 흘러야 해요. 저 로봇들은 세상에 사랑이 넘치도록 마음의 소리를 들려주어서 사람들의 마음을 평화롭게 만들기 위해 곧 세상에 나가기로 했답니다. 그런데 큰 걱정이 생겼습니다. 순둥이 도깨비가 빤스를 찾지 못하면 나쁜 사람이 되어서 평화로봇과 싸워서 이길 겁니다. 그러면 사람들 마음속에서 평화가 사라진답니다."

황새의 말을 들으니 걱정이 되었습니다. 빤스를 돌려주기는 싫지만 순둥이 도깨비가 저지를 일을 생각하니 가슴이 답답해졌습니다.

"지금 몇 시야?"

그러자 황새가 날개를 세 번 활짝 펼쳐본 후 말했습니다.

"지금 지구의 시간은 밤 열 시예요."

"그럼 여기서 지구까지 돌아가는데 시간이 얼마나 걸리지?"

내가 묻자 황새가 대답했습니다.

"한 시간하고도 사십 분이 더 걸려요. 그런데 별나라에서 나갈 때 문제를 꼭 풀어야 할 텐데……."

나는 마음이 다급해져서 큰소리로 말했습니다.

"알았어. 빨리 성문 앞으로 가."

내가 등에 오르자 황새는 큰 날개를 팔락거리며 빠르게 날기 시작했습니다.

성문 앞에 이르자 어디선가 부드럽고 아름다운 소리가 들려왔습니다.

"어서 오세요. 우리 별나라 구경은 잘 하셨습니까? 이제 문제를 낼 테니 잘 듣고 대답해 보세요. 십 분 이내에 답을 맞혀야 합니다. 오른

쪽을 보세요."

목소리가 시키는 대로 오른쪽을 보니 유리로
된 직사각형 상자에 글씨가 쓰여 있었습니다.

— 보이지는 않지만, 세상에서 가장 아름다
운 것은 무엇일까요? —

나는 눈을 감고 아름다운 것들을 머릿속에
떠올렸습니다.

'아빠가 화단에 심어 놓은 예쁜 장미꽃일까?
하지만 장미꽃은 아닌 것이 분명해. 눈에 보이
거든. 그럼 무얼까? 학교 사육장의 예쁜 공작?
그것도 보이잖아. 푸른 하늘을 날아다니는 양
털구름? 아니면 엄마?'

엄마가 갑자기 떠오르자 마음이 편안해졌습
니다. 세상에서 가장 아름다운 것은 엄마의 얼
굴이라는 생각이 들었지만 보이지 않는 것이
라니까 답은 아닐게 뻔합니다.

시간이 지날수록 가슴이 콩닥콩닥 뛰고 등에서 식은땀이 흐르기
시작했습니다. 이렇게 어려운 문제인줄 알았으면 아예 별나라에 오
지도 않았을 거라는 후회도 들었습니다. 내가 없으면 아빠는 얼마나

슬퍼하실까? 또 빤스를 잃은 순둥이 도깨비가 정말 험악한 사람으로
태어나서 사람들을 괴롭히면 어떻게 될까? 생각할수록 눈앞이 어질
어질해지며 쓰러질 것만 같았습니다.

"5분이 지났습니다."

황새가 말했습니다.

이제 남은 시간은 오 분 뿐.

'세상에서 가장 아름다운 것, 보이지는 않지만 세상에서 가장 아름다운 것……. 보이지 않는 것은 무엇이 있을까? 공기? 생각? 그러면 생각일까? 생각이 아름다운 걸까?'

그때 피리를 불면 좋은 일이 생길거라고 하시던 엄마 목소리가 귀에 들려왔습니다.

나는 품속에서 피리를 꺼내어 불기 시작했습니다. 그러자 나를 안고, 머리를 쓰다듬어 주시던 엄마의 모습이 눈앞에 선명하게 떠올랐습니다. 그리고 옷을 만들어서 입혀 주던 엄마의 하얀 손도 보이는 듯 했습니다. 그러자 생각이 번개처럼 머릿속을 달리기 시작했습니다.

'보이지는 않는데 세상에서 가장 아름다운거라면 엄마 마음이 아닐까? 그러니까 엄마의 사랑!'

황새가 다가와서 재빠르게 속삭였습니다.

"이제 일 분 남았습니다."

나는 결심을 하고 유리 상자를 향해 큰소리로 외쳤습니다.

"사랑, 엄마의 사랑!"

갑자기 우렁찬 나팔 소리가 울렸습니다. 그리고 별나라의 문이 열리며 멀리 지구별이 작고 동그란 공처럼 보였습니다.

"어서 등에 오르세요. 일 분도 지체할 시간이 없어요."

황새의 말을 듣고 서둘러 등에 오르니 부드럽고 고운 목소리가 들려왔습니다.

"안녕히 잘 가세요. 지혜로운 친구여! 이 별나라의 보석과 케이크와 로봇은 모두 그대의 것입니다. 만약 그대가 착하고 아름다운 마음으로 자연과 사람을 사랑한다면……."

그 목소리는 메아리처럼 울리다가 천천히 사라졌습니다.

황새가 커다란 날개를 유유히 움직이며 별나라의 성문 밖으로 날아갔습니다.

나는 큰소리로 별나라를 향해 외쳤습니다.

"안녕! 별나라. 사랑해. 영원히 잊지 않을게."

그러자 황새가 꼬리 날개로 나를 사정없이 툭툭 치며 말했습니다.

"이제부터는 입을 꼭 다물고 눈을 감아야 해요. 아니면 자칫 저 아래로 곤두박질칠지도 몰라요."

얼마 후, 누군가 내 얼굴을 따갑게 꼬집는 바람에 눈을 뜨자 나는 깨봉산 아래 호박밭에 누워 있었습니다. 황새가 날개를 파닥거리며 말했습니다.

"휴우……다행입니다. 별나라에서 돌아오는 중에 말을 참지 못하여 우주 공간으로 떨어질까 봐 기절을 시켰는데 깨어나지 않으면 어쩌나 하고 걱정했습니다."

"황새야, 고마워. 그런데 도깨비들은 어디에 있을까?"

그러자 황새가 말했습니다.

"도깨비들은 피리 소리를 좋아하니 피리를 불어 보세요."

나는 피리를 불기 시작했습니다.

그러자 갑자기 어둠 속에서 떠들썩한 소리가 들려오더니 여섯 명의 도깨비가 나타나서 춤을 추기 시작했습니다. 그 가운데 가장 뚱뚱한 대머리 도깨비는 절구통 같은 허리를 흔들며 춤을 추다가 천둥 같은 소리를 내며 넘어지기도 하고 머리에 빨간 리본을 꽂은 작은 도깨비는 아빠가 밭에서 딴 빨간 호박을 보물처럼 들고 조심스럽게 춤을 추고 있었어요.

춤을 추던 대머리 도깨비가 우렁우렁한 소리로 말했습니다.

"누구야? 이 밤에 그렇게 그윽하게 피리를 부는 놈이……."

"나는 이집트 도깨비야. 그런데 순둥이 도깨비는 지금 어디 있어?"

그러자 춤을 추던 도깨비들이 갑자기 춤을 멈추고 서서 눈물을 흘리기 시작했습니다.

"가여운 순둥이 도깨비, 가여운 순둥이 도깨비……. 이제 십 분만 지나면 사람이 되는구나. 그런데 착하고 멋있는 사람이 아니고 멍청하고 험상궂고 사나운 사람이 되어서 미움만 받으며 살 텐데……. 아이고, 이를 어째, 아이고 이를 어째…….”

그때 갑자기 머릿속에서 번개처럼 생각이 떠올랐습니다.

“황새야. 빨리 우리집으로 가.”

황새 등에 오르자마자 황새가 하늘로 날아오르더니 순식간에 우리집 마당에 내려앉았습니다.

아빠는 마루에 앉아서 눈물을 흘리며 내 이름을 애타게 부르고 계셨습니다.

“씽구야. 쌍구야. 대체 어디 가게냐. 밖에 나가려면 아빠에게 말을 하고 가야지. 이를 어쩐담? 혹시 내가 용돈을 조금 줘서 집을 나간 걸까? 이제 돌아오기만 하면 용돈을 갑절로 올려 줄 텐데. 그리고 하기 싫은 숙제 안 해도 회초리로 종아리 때리는 일은 안 할 건데…….”

내가 아빠에게 다가갔지만 아빠는 나를 보지 못하시고 슬픈 눈으로 대문 쪽만 쳐다 보고 계셨습니다.

그런데 아빠 옆에 순둥이 도깨비가 앉아서 울고 있었습니다.

“이곳에서 잃어버린 것 같은데 내 빤스는 어디로 갔을까?”

나는 얼른 빤스를 벗어서 순둥이 도깨비에게 주었습니다. 그러자 눈물을 흘리고 있던 순둥이 도깨비 눈이 구슬, 아니 탁구공, 아니 야구공만큼 커지더니 입이 축구공만큼 크게 벌어졌습니다.

"얼씨구……절씨구……."

순둥이 도깨비는 춤을 추며 빤스를 입기 시작했습니다. 빤스를 다 입은 순둥이 도깨비가 눈물을 흘리며 말했습니다.

"내 빤스를 돌려줘서 고마워."

순둥이 도깨비의 눈물을 보니 갑자기 미안한 생각이 들었습니다.

"미안해. 일부러 널 골탕먹이려던 것은 아니야. 단지 별나라에 가고 싶었을 뿐이지. 그리고 덕분에 잘 다녀왔어."

그러자 순둥이 도깨비가 말했습니다.

"내가 나중에 빤스 한 개 구해다 줄게. 그러면 언제든지 다시 별나라에 갈 수 있을 거야. 우린 친구니까……."

그때 마루에 있던 괘종시계가 울리기 시작했습니다.

'땡땡땡땡땡땡땡땡…….'

시계가 열두 번 울리는 소리를 들으며 도깨비는 어둠 속으로 사라졌습니다.

나는 팔짝 뛰어서 아빠 앞에 섰습니다. 그러자 아빠가 나를 보고는 기절할 듯이 놀라며 말씀하셨습니다.

"쌍구야. 어디 갔다가 오는 거냐? 온 동네와 숲속을 모조리 찾아도 없었는데……."

나는 아빠의 품속으로 달려가서 아빠에게 말했습니다.

"아빠. 제 용돈 갑절로 올려 주실 거죠?"

그러자 아빠가 고개를 갸웃거리며 말씀하셨습니다.

"그걸 어떻게 알았냐?"

나는 더욱 큰소리로 말했습니다.

"숙제 안 해도 종아리 안 때리실 거죠?"

아빠는 놀라서 눈을 크게 뜨고 말씀하셨습니다.

"꼭 도깨비한테 홀린 기분이네. 어떻게 아빠 마음을 알아냈니?"

"도깨비랑 함께 있었어요."

그러자 아빠가 머리에 꿀밤을 주며 말씀하셨습니다.

"이 녀석 또 거짓말 하는 구나. 그렇게 누에가 실 뽑듯 입에서 거짓말을 뽑아대면 나중에 늑대 소년처럼 되어서 도깨비 나라에 끌려간다니까."

"도깨비 나라에 끌려가도 겁 안나요. 도깨비랑 벌써 친구인걸요."

그러자 아빠가 또 꿀밤을 주려고 하는 바람에 마당으로 달아나면서 말했습니다.

"아빠. 이제부터 이 쌍구가 별나라에 있는 보석이랑 케이크랑 아름다운 음악이랑 그리고 일도 잘하고 똑똑한 로봇이랑 많이많이 불러올 거예요. 저는 이제 그 방법을 알아요. 착한 마음, 고운 마음으로

이 세상에 있는 모든 것들, 자연과 생명체와 시간을 아끼고 사랑하면, 보석이랑 케이크랑 로봇이 우리에게 달려오려고 준비하고 있다고요."

아빠는 눈을 동그랗게 뜨고 나를 쳐다보며 말씀하셨습니다.

"애가 거짓말 하는 것 같지는 않은데 참 이상하네. 하지만 듣고 보니 왠지 기분이 좋아지는걸……."

나는 환하게 웃는 아빠 눈 속에서 막 피어나는 별꽃 한 송이를 보았습니다.

황새가 커다란 날개로 춤을 추며 아빠와 내 주변을 빙빙 돌았습니다.

만복이는 짱이야! · 1

만복이는 달리기 연습을 하느라 하얀 줄이 그려진 운동장 주변을 돌면서도 눈은 연신 딴전을 피웁니다.

"달리기를 하려면 정신을 한 곳에 모으고 열심히 뛰어야지 너는 왜 그리 해찰이 심하냐?"

나무라시는 선생님의 말씀을 귓전으로 흘리며 만복이는 분숫가를 바라봅니다. 분숫가에서는 혜민이가 그림그리기에 열중하고 있습니다.

혜민이는 두어 달 전에 만복이가 다니는 말봉초등학교에 전학을 온 아이입니다. 얼굴이 하얗고 구슬같이 커다란 눈이 유난히 빛이 나는, 한눈에 보아도 아주 잘 생긴 아이입니다.

혜민이는 얼굴만 잘 생긴 것이 아니라 공부도 잘하고 무엇보다 그림을 썩 잘 그립니다. 그래서 혜민이가 그린 그림은 전학 온 지 두 달밖에 되지 않았는데도 벌써 교실과 복도에 두 점이나 붙어 있고 친구들은 그런 혜민이와 친구가 되려고 야단입니다. 심지어 자신과 단짝이던 봉구나, 마음속으로 제일 좋아하는 영숙이까지도 혜민이와 친하고 싶어하는 눈치입니다.

만복이가 땀을 뻘뻘 흘리며 운동장을 돌고 있을 때, 그 혜민이가 시원한 분숫가에 앉아 스케치북 위에 고운 물감으로 그림을 그리고 있는 것입니다.

만복이는 혜민이가 한없이 부러웠습니다. 시원한 분숫가에 앉아 그림을 그리는 혜민이에 비하면 땀을 뻘뻘 흘리며 햇볕이 쨍쨍 내려쬐는 운동장을 돌고 있는 자신은 꼭 떡집 머슴같다는 생각이 들었습니다. 그러다보니 달리기 연습이 하기 싫어져서, 연습을 하지 않고 도망을 쳐버리는 날이 많았습니다.

시합 날이 되었습니다. 그날은 육상대회뿐만 아니라 그리기대회와 음악경연대회까지 한꺼번에 열립니다. 만복이도 말봉초등학교 대표로 다른 학교 선수들과 함께 달리기를 했습니다. 그러나 있는 힘을 다해서 힘껏 뛰었지만 결과는 그리 좋지 못했습니다.

다음날 학교에 갔을 때, 아이들이 혜민이 주변을 에워싸고 떠들어 대고 있었습니다. 혜민이가 그리기 부문에서 대상을 받았다고 모두들 축하해주느라 떠들썩합니다. 복도를 지나시던 선생님들도 교실에 들러서 혜민이에게 칭찬을 해주고 가시는 것이었습니다. 더욱 속이 터지는 것은 영숙이마저 혜민이 옆에 찰싹 붙어 앉아 재잘거리고 있습니다.

만복이는 속에서 불덩이가 솟는 것을 느꼈습니다. 시합에서 우승을 하지 못한 만복이에겐 누구 하나 말을 걸어오는 사람이 없었습니다. 만복이는 속이 상했지만 재미도 없고, 땀이나 뻘뻘 흘려야 하는 달리기 대회에서 상을 받으면 뭐하냐고 스스로를 위로했습니다.

쉬는 시간에 화장실에 가던 만복이의 눈에 복도에 걸려 있는 혜민이의 그림이 보였습니다. 만복이는 오줌이 마려운 것도 잊고 혜민이의 그림을 찬찬히 살펴보았습니다. 꽃과 나무가 어우러진 공원에서 아이들이 책을 읽거나 숨바꼭질을 하는 그림입니다.

만복이는 그림을 보면서 그리 어려울 것도 없고 잘만하면 자신도 혜민이처럼 그림을 잘 그릴 수도 있겠다는 생각이 들었습니다. 아니 오히려 혜민이보다 더 잘 그릴 수도 있겠다는 생각마저 들었습니다. 그림을 잘 그려서 영숙이에게 보여 주고 싶었습니다.

그런데 마침 오후에 선생님께서 미술 숙제를 내 주셨습니다. 크레

파스와 물감을 사용해서 '가고 싶은 꿈 속의 나라'라는 주제로 그림을 그리라는 것이었습니다.

수업이 끝나자마자 한달음에 집으로 달려 간 만복이는 스케치북과 크레파스와 물감을 꺼냈습니다. 그리고 먼저 무엇을 그릴까를 생각해 보았습니다. 만복이가 가고 싶은 나라는 공부하라고 잔소리하는 엄마와 선생님이 안계시는 나라, 짝꿍 성암이처럼 친구를 괴롭히는 친구가 없는 나라, 시험 없는 나라, 숙제 없는 나라, 컴퓨터 게임을 실컷할 수 있는 나라, 과자와 초콜릿과 피자를 실컷 먹는 나라입니다.

만복이는 '가고 싶은 나라'를 어떻게 그릴 것인가 골똘히 생각했습니다.

그런데 아무리 해도 마음속에 있는 생각을 그림으로 나타내기가 쉽지 않았습니다. 해가 질 때까지 어떻게 그릴까 생각만하다가 결국 그림을 그리지 못하고 말았습니다. 기분이 상한 만복이는 방바닥에 드러누워 천장을 쳐다보고 있었습니다. 그때 갑자기 좋은 생각이 머리를 스쳤습니다.

"옳지……."

만복이는 이마를 탁 치고는 자리에서 일어나 옆집으로 달려갔습니다.

거북이 형은 거울을 들여다보며 머리를 빗고 있었습니다.

"형. 어디가려고?"

"그건 왜 물어 짜샤."

"나 형한테 부탁할 일이 있는데……."

"뭔데?"

거북이 형은 여전히 거울을 들여다보며 노랗게 물들인 머리를 이리저리 빗어 넘깁니다.

"그림 좀 그려줘. 형이 우리 동네, 아니 우리나라에서 제일 그림을 잘 그리잖아."

만복이가 엄지손가락을 치켜세우며 말하자 거북이 형이 손을 멈추고 고개를 돌려 만복이를 쳐다봅니다.

"짜식. 그건 어떻게 알았냐?"

"그걸 모르는 사람이 우리 동네에 누가 있어."

"그래?"

만복이 형은 슬그머니 웃음을 짓더니 말합니다.

"그림을 그리면 너 나한테 뭐 해 줄건데……."

"음……형이 시키는 거 다할게."

"시키는 거 다해? 좋아. 너 그럼 우리 돈키호테파에 들어와라."

만복이는 돈키호테파에 들어가 있는 형들이 종종 말썽을 부린다는 이야기를 들어서 알고 있습니다.

길가에 세워져 있는 자전거를 끌어다가 팔아서 짜장면을 사 먹고 는, 길에서 주운 자전거라고 순경 아저씨에게 우기다가 꿀밤을 맞고 경찰서까지 끌려갔다 온 거나, 나쁜 친구들이랑 짜고 공부 잘 하는 아이를 끌고 통닭집에 가서 통닭을 실컷 먹고는 공부 잘 하는 아이만 남겨둔 채 슬슬 빠져나온다든가, 하여간 거북이 형이 못할 짓이란 공 부하는 거 빼고 없다고들 합니다. 거기다 게을러서 거북이라는 별명 까지 갖고 있는 거북이 형이지만 그림 하나는 기가 막히게 잘 그려서 초등학교 때에는 미술대회에 나가기만하면 상을 휩쓸었고, 지금도 말썽을 부리지 않을 때면 그림을 그린다고 합니다.

뭐든 시키는 대로 다 하겠다는 만복이의 말에 거북이 형은 흔쾌히 승락을 합니다.

"좋아. 내가 그려주지. 그림 도구 가져오고 너는 놀다가 한 시간 뒤 에 와."

만복이는 좋아서 팔딱팔딱 뛰며 그림 도구를 가져다주고는 집에 돌아와서 새끼를 배서 몸이 무거운 누렁이하고 놀았습니다.

한 시간쯤 뒤에 거북이 형이 부르는 소리가 들려서 가보니 그림을 내밉니다.

"우와……"

그림 속에선 아이들이 하늘을 날아다니며 컴퓨터 게임을 하고, 구름 속에 누워서 과자를 먹고, 날아다니는 놀이 기구를 타고 신나게 놀고 있습니다.

"근사하다. 형 고마워."

"짜샤. 너 이제 내가 시키는 대로 해야 해."

"알았어. 알았다구."

만복이는 깡충깡충 뛰면서 집으로 돌아왔습니다.

다음날, 숙제 검사를 하시던 선생님이 만복이의 그림을 보고는 두 눈이 휘둥그레지셨습니다.

"아니, 만복이가 그림을 잘 그리는구나. 이렇게 그림에 소질이 있는 줄을 모르고 여태 달리기만 시켰군. 자 여기들 보세요. 만복이가 그린 그림이에요."

그러자 친구들이 만복이의 그림을 보고 탄성을 질렀습니다. 만복이는 영숙이를 슬쩍 쳐다보았습니다. 영숙이도 그림을 보고 감탄을 하는 표정이었습니다.

"만복이 너 이번 가을 교육청 주최 그리기 대회에 나가자. 알았지?"

"예."

만복이는 시원스럽게 대답을 했습니다.

며칠이 지난 어느 날, 아침 조회 시간에 선생님께서 만복이 이름을 부르시더니 상장을 주셨습니다. '그림을 잘 그리는 아이에게 주는 격

려상' 이라는 긴 제목의 상장이었습니다.

만복이는 얼굴이 화끈거렸지만 내색을 하지 않고 상장을 받아 들고 자리에 들어와 앉았습니다. 선생님께서 이어서 말씀하셨습니다.

"만복이와 혜민이는 오늘부터 수업이 끝난 후에 그림 공부를 해야 하니 미술 도구를 준비하거라."

오후 수업이 끝났습니다. 만복이는 내심 걱정이 되었지만 그림 도구를 준비하고 창가에 앉았습니다. 혜민이도 역시 그림 공부를 하려고 남아 있습니다. 운동장에는 하교를 하는 아이들이 서너 명씩 짝을 지어 한가롭게 교문을 나갑니다.

만복이는 선생님 말씀을 어기고 도망을 쳐서 동네 앞 빈터에서 죽구나 실컷하고 싶은 생각이 굴뚝같습니다. 하지만 도망을 치지 못하고 앉아 있는데 선생님께서 들어오십니다.

"너희들이 우리 학교 4학년 대표로 대회에 나가게 되었다. 그러니 오늘부터 그림 공부를 열심히 해야 한다. 너희들에게 우리 학교의 명예가 걸려 있다는 걸 잊지 말아라."

그러자 혜민이가 큰소리로 대답합니다.

"예. 선생님."

그러나 만복이는 대답을 하지 못합니다.

"자. 그럼 우선 연필로 스케치북에 가로로 선을 긋도록 해라. 모든 그림의 기본은 선이다. 그리고 싶은 형상을 제대로 그리려면 먼저 선을 긋는 연습을 해야 한다. 선을 그을 때에는 마음을 온통 선 긋는데에만 집중을 해야 한다. 알았지? 지금부터 시작."

혜민이와 만복이는 아이들이 모두 돌아간 교실에서 스케치북에 선을 긋고 있습니다. 조금 지나자 스케치북이 온통 까맣게 되었습니다. 그러나 두 장을 더 선긋기로 채우고 난 후에야 집으로 돌아갈 수 있었습니다.

해가 뉘엿뉘엿해진 동네 공터에서 아이들이 신나게 공차기를 하고 있습니다.

만복이가 느릿느릿 걸어서 지나가자 미루나뭇집 참술이가 소리칩니다.

"만복아. 공차자."

만복이가 공터로 걸음을 옮길 때 뒤에서 거북이 형이 부르는 소리가 들립니다.

"만복아. 너 이리 와 봐."

만복이가 거북이 형에게 다가가자 거북이 형이 작은 목소리로 말합니다.

"너 돈 좀 가진거 있어?"

"없는데……왜?"

"이 짜식이 내가 시키는 거 다 한다고 해 놓고는 발뺌하려고 하네. 많이 달라고 안 할 테니 있는 대로만 가져와."

"없는데."

"너 그러면 그림 그려준 거 애들한테 말한다."

만복이 얼굴이 울상이 됩니다.

"알았어."

"그럼 이따 일곱 시에 마을 앞 정자나무 앞에서 보자. 알았지?"

만복이는 공을 차고 싶은 마음이 싹 달아나 버렸습니다.

집에 돌아 온 만복이는 돼지 저금통을 뜯어 동전을 방바닥에 쏟았습니다. 백 원짜리와 십 원짜리를 모두 세어보니 7500원이었습니다. 만복이는 그중 2000원만 주머니에 넣고 정자나무 아래로 갑니다. 돈을 받아 든 거북이 형은 껌을 딱딱 소리나게 씹으며 이맛살을 찌푸리고 말합니다.

"너 내가 유치원생으로 보이냐? 짜샤. 최소한 예의는 지켜야 할 것 아니야. 하지만 네가 아직 내 수준을 모르는 것 같으니 이번만 봐줄게. 대신 낼 모레까지 이것의 세 배를 가져와. 알았어?"

거북이 형은 그렇게 말하고 휘파람을 휙 불며 읍내 가는 길로 사라졌습니다.

만복이는 어깨를 축 늘어뜨리고 집으로 돌아 왔습니다.

다음날에도 수업이 끝난 후 교실에 남아서 그림 공부를 하게 되었습니다. 이번에는 세로로 선을 그으라는 선생님 말씀을 귓전으로 흘리며 연필을 잡고 심드렁하니 선을 그어댑니다. 혜민이는 신바람이 나는지 열심히 선을 긋습니다.

"만복아. 너 어디 아픈 게냐? 기운이 없어 뵈는구나."

선생님이 걱정스럽게 묻자 만복이는 고개를 저으며 대답합니다.

"아니예요."

"그럼 열심히 하거라."

만복이는 세로선을 긋기는 하지만 마음은 갈피를 잡을 수 없을 만큼 불안합니다. 차라리 선생님께 모든 사실을 말씀드리고 싶은 충동이 일어납니다. 그러나 자신의 그림을 보고 환호성을 올리던 반 친구들, 특히 영숙이의 놀란 눈동자를 떠올리고는 고개를 가로젓습니다. 그리고 그림 공부가 이렇게 선이나 긋는 것이라면 한번 해 볼만하다는 생각도 해 봅니다. 선긋기를 세 장을 더 한 후에 만복이는 교문에서 혜민이와 헤어져 집으로 갑니다.

집으로 가는 길에 정자나무가 있습니다. 만복이는 평소에 다니던 정자나뭇길이 싫어집니다. 그래서 멀지만 참나무골로 난 비탈길로 돌아서 집으로 갑니다.

다음날도 수업이 끝난 후, 만복이는 다른 날처럼 혜민이와 함께 교실에 남아서 그림 공부를 합니다.

"자. 선긋기 연습을 했으니 이번에는 동물의 모습을 그려보자. 너희들이 좋아하는 동물의 모습을 한번 그려 보아라. 색칠을 하지 말고 동물의 특징을 살려서 스케치만 하면 된다."

선생님 말씀이 떨어지기가 무섭게 혜민이는 도화지에 그림을 그립니다. 만복이는 무엇을 그릴까 궁리하다가 새끼를 배서 배가 불룩하고 젖꼭지가 축 늘어져 있는 누렁이를 그리기로 마음먹었습니다. 그런데 어떻게 그려야 할지 암담하기만 합니다. 그래도 연필로 누렁이의 머리와 불룩한 배와 다리를, 그리고 배에다 젖꼭지를 여러 개 그려 놓았습니다.

그림을 보신 선생님은 만복이 그림이 개의 특징을 잘 살리지는 못했지만 새끼를 밴 개를 그린 점이 특이한 생각이라며 칭찬을 해 주셨습니다. 그리고 유명한 화가들 가운데에는 일부러 물체를 똑같이 그리지 않고 변형시켜 그린다는 말씀도 덧붙이셨습니다.

만복이는 뜻밖의 칭찬에 고개를 갸웃거리며 그림그리기도 별것이 아니라는 생각을 하며 참나무골로 돌아서 집으로 갔습니다.

다음날도 수업을 마친 후에 선생님께서 그리고 싶은 것을 아무거나 그려 보라고 말씀하시고는 교무실로 가셨습니다.

만복이는 무엇을 그릴까 생각했지만 마땅한 풍경이 떠오르지 않고

대신 거북이 형의 얼굴만 자꾸 떠오릅니다. 거북이 형에게 돈을 주어
야 하는 날이기 때문입니다.

혜민이는 열심히 그림을 그립니다. 만복이는 혜민이의 그림을 봅
니다. 아이들이 언덕에 서서 연날리기를 하는 그림인데 참으로 근사
하게 보입니다. 만복이는 혜민이의 그림을 보고 그대로 그려보기로
마음먹었습니다. 다른 점이 있다면 만복이는 혜민이 그림에는 없는
붉은 해를 그려 넣었습니다.

선생님이 오셔서 두 사람의 그림을 보시고는 고개를 가로저으며
말씀하십니다.

"왜 그림이 똑같으냐?"

혜민이는 아무 말도 하지 않고 자신의 그림만 바라 보고 있습니다.

"혜민이 네가 만복이 그림 보고 그렸냐?"

그러자 혜민이가 말없이 고개를 숙입니다.

"만복이 네가 혜민이 그림 보고 그렸냐?"

만복이도 대답을 하지 않습니다.

"휴……답답해. 누가 누구걸 보고 그렸느냐고……아니 그게 중요
한 게 아니라 어떻게 친구의 그림을 보고 그리려는 마음이 생기는 거
지? 그림은 형체와 색채로써 자신의 생각과 감정을 나타내는 일이
야. 그래서 사람의 얼굴이 모두 다른 것처럼 이 세상의 그림은 한 개

도 같을 수가 없어."

만복이는 더욱 고개를 푹 숙입니다.

"혜민이 그림은 기운이 넘치는데 만복이 그림은 왠지 풀이 죽어 있는 것처럼 보이는구나."

만복이는 쥐구멍에라도 들어가고 싶은 마음이 들었습니다. 차라리 선생님께 모든 일을 말씀드리고 싶은 생각이 났습니다. 그런데 그러다가 혼쭐이 날 것을 생각하면 그럴 수는 없다는 생각이 듭니다.

터벅터벅 교문을 나서는데 혜민이가 앞서 걷고 있습니다.

"너 왜 선생님께 말씀드리지 않았어? 내가 네 그림 보고 그렸다고."

만복이가 묻자 혜민이가 말합니다.

"나도 서울에 있는 학교에 다닐 때 그림을 잘 그리는 아이가 부러워서 그 애가 그린 그림을 보고 그린 적이 있거든. 안녕."

혜민이는 그렇게 말하고 교문을 나서서 만복이와는 반대쪽 길로 갑니다.

지친 몸을 끌고 집에 돌아 온 만복이는 저녁이 되자 약속대로 정자나무 아래에서 거북이 형을 만났습니다.

"돈 가져왔냐?"

"응. 그런데 500원이 모자라."

"뭐? 모자라. 남는건 용서하겠는데 모자라는건 용서가 안 되지."

"형, 미안해. 저금통 뜯은 건데 이게 다야. 참말이야. 엄마한테 얘기하면 나 혼쭐날 거야."

"그래? 그럼 별 수 없지. 하지만 나중에 네 누나 오면 용돈 달래서 나한테도 좀 줘야 해. 알았어? 그리고 말이야. 넌 아직 우리 돈키호테파에 정식 입단은 안했지만 이렇게 나한테 자금을 대주는 것만으로도 너는 우리 돈키호테파인거나 다름이 없어. 알았지?"

만복이는 힘없이 고개를 끄덕입니다.

마침내 미술대회에 나가는 날이 다가 왔습니다. 대회장에는 오전 수업을 마치고 가도록 되어 있습니다. 만복이는 책을 봐도 글씨가 눈에 잘 들어오지 않고 수학 문제를 풀려고 해도 집중이 되질 않습니다. 선생님의 목소리는 아예 귀에 들어오지도 않습니다.

미술대회에 나가서 어떻게 그림을 그릴 것인가 걱정이 되고, 무엇보다 거짓으로 그림을 그려서 대회 참가자로 뽑힌 것이 목구멍에 가시가 걸린 것처럼 꺼림칙합니다.

오전 수업 내내 만복이는 가슴이 콩닥콩닥 뛰기도 하고 갑자기 얼굴이 빨개지기도 해서 좀처럼 안정을 찾을 수가 없습니다.

4교시 수업이 끝나고 아이들이 청소를 시작합니다. 만복이는 먼지떨이를 들고 힘없이 교실을 오락가락하다가 결심한 듯 먼지떨이를 팽개치고 교실을 빠져 나갔습니다.

선생님은 운동장에서 아이들과 함께 화단의 풀을 뽑고 계셨습니다.

"저어……선생님."

만복이가 부르는 소리에 선생님은 고개를 돌리고 미소를 지으십니다.

"만복이가 웬일이냐. 청소 끝나고 대회 나갈건데……."

"드릴 말씀이 있어요."

"내게……? 여기서 할 수 없는 말이니?"

"예."

"그럼 상담실로 가자."

선생님은 만복이를 데리고 아무도 없는 3층 상담실로 가십니다.

"왜 그래? 무슨 일이 있는 거냐?"

"실은……실은 그 그림 옆집 형이 그려준 거예요."

"그 그림이라면…… 숙제로 내 준 그림말이냐?"

만복이는 고개를 숙이고 불호령이 떨어질 것을 각오하고 입술을 깨뭅니다. 그런데 뜻밖에도 부드러운 선생님의 목소리가 들립니다.

"그래? 그렇게 그림을 잘 그리는 형이 옆집에 살아? 옳아. 만복이가 그 형처럼 그림을 잘 그리고 싶었던게로구나."

"예? 예에……."

만복이는 놀라서 선생님 눈을 바라봅니다.

선생님은 눈에 미소를 짓고 말씀하십니다.

"왜 그런 일을 했지?"

"그냥……그러니까……그림을 그리는 사람은 영화에 나오는 주인 공처럼 멋있는데 달리기하는 사람은 꼭 우리 동네 떡집 머슴처럼 느껴지거든요."

선생님은 말없이 생각에 잠기시더니 한참 후에 입을 여십니다.

"그동안 네 기분이 어떠했느냐?"

"괴롭고 부끄럽고 불안했어요."

선생님은 말없이 고개를 끄덕이십니다.

"지금 만복이 너는 아직 다 자란 나무가 아니란다. 지금 창 밖의 저 나무가 눈에 보이지 않게 자라나듯, 지금 이 순간에도 만복이 네가 자라고 있지. 나무가 하늘을 향해 팔을 벌리고 자라나듯, 만복이 너 도 좋은 생각을 하면서 자라야 한다. 그리고 앞으로 얼마든지 좋은 생각을 하면서 자랄 시간이 많이 남아 있단다. 다만, 네가 한 일을 진 심으로 뉘우친다면 말이야."

만복이 가슴이 울컥해지면서 눈물이 나옵니다.

"잘못했어요. 선생님."

"그래. 네 마음을 선생님이 안다. 하지만 앞으로는 다시 이런 일이 있으면 안 돼. 알았지? 선생님하고 약속하는 거다."

선생님이 내민 새끼손가락에 자신의 새끼손가락을 거는 만복이 얼굴이 모처럼 환해집니다.

집으로 갈 때에, 만복이는 정자나무가 보이는 마을 입구에 다다라서 사방을 둘러봅니다. 만복이 눈에 마을 어귀 정자나무가 들어옵니다.

만복이는 천천히 걸어서 정자나무로 향하는 길과 산언덕 비탈길로 가는 길이 갈라지는 곳에 이르렀습니다. 어제만 해도 바라보기도 싫던 정자나무가 아무렇지도 않게 여겨집니다.

만복이는 씩씩하게 정자나무 쪽으로 걸어갑니다.

기다리던 가을 소풍 가는 날입니다.

소풍길엔 보랏빛 구절초와 노란 국화가 예쁘게 피어 바람에 흔들리고 있습니다. 아이들은 떡갈나무 숲을 지나 작은 오솔길을 걸어갑니다. 오솔길 오른쪽엔 개울이 돌돌돌 소리를 내며 흐르고 있습니다.

개울물 소리를 들으며 한참을 걷다보니, 좁던 개울이 넓어지더니 거북이등처럼 커다란 너럭바위도 나타나고, 물은 철철철 소리를 내며 바위를 감아 돌며 흐릅니다. 아마도 지난 밤에 내린 비로 개울물이 불었나봅니다.

아이들은 노래를 부르며 개울가를 걸어서 상투산으로 갑니다.

상투산은 개울 건너편에 있습니다. 그래서 상투산으로 가려면 개울에 걸쳐 있는 다리를 건너야 합니다. 아이들이 즐겁게 노래를 부르며 다리를 향해 가고 있을 때, 건너편 개울가에 있는 오두막집에서 한 아기가 아장아장 걸어 나오는 모습이 보였습니다. 아기는 천천히 다리 위로 올라갔습니다. 아기는 다리 위에서 두어 걸음 걷다가 넘어집니다. 다시 일어난 아기는 다리 가운데로 걸어갑니다. 그렇게 몇 걸음 걷던 아기가 다리 위에서 비틀거립니다. 다리 바로 아래엔 불어난 개울물이 흰 물보라를 일으키며 쏜살같이 흘러갑니다.

아이들은 놀라서 자리에 멈춰 서서 다리 위에 있는 아기를 바라보며 발을 동동 구릅니다. 어떤 아이는 비명을 지르기도 합니다.

그때 누군가가 아이들을 헤치며 쏜살같이 다리를 향해 달려갑니다. 만복이입니다. 맨 뒤에서 아이들을 인솔하시던 선생님도 급히 아이들을 제치고 뛰어가십니다.

바람처럼 달려간 만복이는 뒤뚱거리는 아기를 끌어안습니다. 아기는 막 다리 아래로 떨어지려는 찰나였습니다. 아이들이 환호성을 지릅니다. 선생님께서 헐레벌떡 달려오십니다.

"만복아. 잘했다. 네가 아기를 살렸구나."

아이들이 우루루 달려와 만복이를 에워쌓지만, 만복이는 아기를 꼬옥 안은 채로 아직도 숨을 헐떡이며 쏜살같이 흘러가는 개울물을

내려다보고 있습니다.

선생님께서 다가오십니다.

"만복아. 네가 조금만 늦었더라면 아기가 어찌되었을까?"

"……."

"아마 슬픈 일이 벌어졌을거야. 결국 네 달리기 실력이 한 아기의 생명을 살린거야. 잘했다. 이래도 달리기하는 것이 떡집 머슴이나 하는 일 같다고 생각할거니?"

"아니요."

만복이가 고개를 가로저으며 대답합니다.

"모든 사람에겐 각기 다른 장점과 소질이 있단다. 그것을 발견하고 감사하게 생각해야 해. 그리고 끊임없이 노력해서 자신과 남을 행복하고 편안하게 만드는 일에 쓰면 더욱 좋지."

"예. 선생님."

만복이가 고개를 끄덕이며 대답합니다.

"만복이 최고. 만복이 짱이다."

아이들이 외치는 소리가 상투산 꼭대기까지 올라갔다가 메아리가 되어 돌아옵니다.

홍이 아저씨

수혜는 방금 다 읽은 동화책을 책꽂이에 꽂으면서도 못내 아쉬운 표정으로 중얼거립니다.

'참 재미있는 이야기야.'

이야기의 줄거리는, 주인공 갑식이가 도토리를 따러 산에 놀러갔다가 신발을 잃어버린 산신령님을 만나 여우의 도움으로 신발을 찾아 주고는 소원이 있을 때마다 산신령님을 부르면 어디선가 쏜살같이 나타나 소원을 들어주는 이야기였습니다.

갑식이는 산신령님이 붉은 얼굴로 나타나기 때문에 '홍이 아저씨' 라고 불렀습니다.

"나한테도 홍이 아저씨가 있었으면……."

수혜가 중얼거리며 떡집 앞을 지날 때, 마침 유리문 너머로 떡집 아주머니가 김이 모락모락나는 인절미를 만들고 있는 모습이 보였습니다. 그러자 갑자기 엄마에게 떡을 사다드리고 싶은 생각이 났습니다. 하지만 수혜가 가지고 있는 돈은 삼백 원뿐이어서 떡을 살 수가 없습니다.

안타까운 마음으로 떡집을 들여다보고 있는데 문득 '홍이 아저씨'가 떠올랐습니다. 그래서 수혜는 책 속의 주인공 갑식이가 한 것처럼 가만히 중얼거렸습니다.

"홍이 아저씨. 제가 떡이 먹고 싶어요. 갑식이 소원 들어 주신 것처럼 제 소원도 들어주세요."

수혜가 혼잣말을 하며 떡집 안을 들여다보고 있는데, 떡을 만들던 아주머니가 문을 열고 수혜를 부릅니다.

"얘야, 너 잠깐 나 좀 보자."

수혜가 놀라서 눈을 동그랗게 뜨고 아주머니를 쳐다보자 아주머니가 얼굴에 웃음을 띠며 말씀하십니다.

"얘, 내가 부탁이 있는데 들어줄래? 저기 저 앞 가게에 가서 두부 한 모만 사다 주겠니? 내가 바빠서 가게를 비울 수가 없구나."

"예. 제가 사다 드릴게요."

수혜가 다람쥐처럼 쪼르르 가게에 가서 두부를 사다 아주머니께 드렸습니다. 그러자 아주머니가 접시꽃처럼 웃으시며 말씀하십니다.

"얼굴도 예쁘게 생겼는데 착하기도 하네. 가만……내가 뭘 좀 줄까? 떡 좋아하니?"

수혜가 고개를 살짝 끄덕이자 아주머니는 웃으시며 떡을 한 움큼 싸주십니다.

"아주머니, 감사합니다. 잘 먹을게요."

수혜는 떡을 받아 들고 콧노래를 부르며 길을 걸었습니다.

한참을 걷다보니, 꽃집 앞에 이르렀습니다. 꽃집엔 늘 예쁜 꽃들이 피어 있어서 그 앞을 지나기만 해도 꽃향기가 코끝에 스집니다. 꽃집 아저씨는 햇볕이 따뜻한 날이면 꽃나무들을 가게 밖으로 내놓기 때문에 꽃집 앞은 햇빛과 꽃빛이 어우러져서 온통 아름다운 꽃나라 같습니다.

수혜는 걸음을 멈추고 꽃들을 쳐다보며 서 있습니다. 작은 화분에 심어진 노랑 꽃이 아기 얼굴처럼 웃고, 붉은 꽃은 햇빛을 끌어 모으고 있습니다. 수혜는 작은 화분에 담긴 노랑 꽃에 눈길이 쏠립니다.

"야. 참 예쁘다. 엄마 머리맡에 놔 드리면 엄마가 얼마나 좋아하실까?"

수혜는 꽃을 유난히 좋아하시는 엄마를 떠올리며 노랑 꽃 앞에 앉았습니다. 하지만 화분을 살 돈이 없습니다.

수혜의 머리에 또다시 홍이 아저씨가 떠오릅니다. 수혜는 동화책 속의 주인공 갑식이 흉내를 냅니다.

"홍이 아저씨. 저 화분을 갖고 싶어요. 제게 화분을 주세요."

그때 꽃집 문이 열리고 꽃집 아저씨가 아닌 머리가 눈처럼 흰 할머니가 나옵니다. 할머니는 물조리개를 들고 집 앞에 내어놓은 화초들에게 물을 주기 시작합니다. 활처럼 휘어진 할머니 허리가 물을 주느라 더욱 휘어집니다. 그 모습이 여간 힘들어 보이는 것이 아닙니다. 수혜는 할머니께 다가가서 공손하게 여쭈었습니다.

"할머니. 제가 꽃들에게 물을 줘도 될까요?"

그러자 할머니가 허리를 조금 펴 보이며

"아이고, 고맙고 기특하기도 하지. 우리 아들이 병원에 입원을 해서 꽃을 돌볼 사람이 없구나. 그래서 이 할미가 물을 주는데 이젠 예전 같지 않고 힘이 드는구나."

하고 말씀하십니다.

수혜는 얼른 할머니가 들고 계시는 물조리개로 꽃나무와 분재들에게 물을 주면서 할머니께 여쭤봅니다.

"할머니. 이 화분엔 물을 많이 줘도 될까요?"

"호오, 오냐. 고놈은 산세베리아인데 물을 자주 먹지 않으니 한번

066 꽃이 피는 의자

줄 때 많이 줘야 해."

"이 노랑 꽃은요?"

"고놈은 수선화란다. 물을 아주 조금만 주렴. 아기가 젖을 먹듯이 말이다."

수혜는 물을 주면서 할머니로부터 꽃과 나무의 이름까지 들어서 알게 되었습니다.

꽃들에게 물을 골고루 나눠 준 수혜가 할머니께 인사를 드리고 돌아서려는데 할머니께서 수혜를 부르십니다.

"아가. 네 이름이 뭐지?"

"수혜라고 해요. 채수혜요."

"오호. 그래? 예쁜 이름이구나. 하는 짓도 어쩜 그리 예쁘냐? 이 할미가 선물을 하나 주고 싶은데 뭐가 좋을까? 가만있자. 저 애기 수선화 어떠냐? 수혜하고 무척 닮았는걸……."

할머니가 그렇게 말씀하시며 비닐 봉투에 수선화 화분을 담으시는 동안 수혜는 가슴이 뛰는 것을 느끼며 혼잣말을 합니다.

"와. 홍이 아저씨가 또 왔나봐."

수혜는 수선화 화분을 받아 들고 기뻐서 환호성을 지르다가 할머니께 떡을 반절만큼 떼어서 드립니다.

"할머니. 이 떡 좀 드세요. 우리 엄마 드릴건데 할머니께도 드릴게요."

따뜻한 떡을 받아 든 할머니가 흰 봉숭아꽃처럼 웃으십니다.

수혜는 콩당콩당 뛰어서 집으로 갑니다.

"엄마!"

방문 앞에서 문을 열기 전에 수혜는 큰소리로 엄마를 부릅니다. 그리고는 문틈으로 귀를 기울입니다. 엄마가 대답을 하는 날은 엄마의 몸이 많이 좋아진 날이고 대답이 없는 날은 몸이 더욱 아픈 날입니다. 방 안에서는 아무런 소리도 들려오지 않습니다.

"엄마. 엄마의 예쁜 딸 수혜공주님 왔어요."

수혜는 큰소리로 힘차게 말하고 아랫목에 누워 있는 엄마 곁으로 갑니다. 그리고 엄마 머리맡에 수선화 화분을 놓아드립니다. 엄마는 천천히 고개를 돌려 수혜를 쳐다보고 희미한 미소를 짓습니다. 엄마의 미소가 노란 수선화꽃과 어울려 다른 때보다 환하게 느껴집니다.

"수선화구나. 참 예쁜 꽃이지. 엄마 어릴 적에 앞마당에 있는 꽃밭에서 피던 꽃이야. 그런데 어디서 구했니?"

"홍이 아저씨가 보내줬어요."

"홍이 아저씨? 그분이 누군데?"

엄마가 놀라는 눈빛으로 수혜를 쳐다봅니다.

"동화책 속에 나오는 갑식이네 산신령님인데 내가 잠깐 빌렸어요."

그러자 엄마는 더욱 놀란 눈으로 수혜를 바라봅니다.

"혹시 요즘 나쁜 아저씨들이 많다는데 그런 아저씨들 꾐에 빠진 거 아니지?"

"그런 걱정 마세요. 엄마 딸 수혜가 누군데……참, 떡도 있는 걸. 따끈하고 맛있는 떡 배달이요."

수혜는 놀란 눈으로 쳐다보는 엄마에게 방울처럼 맑은 목소리로 말합니다.

"엄마. 걱정하지마세요. 바쁜 떡집 아주머니 좀 도와드리고 꽃집 할머니도 잠깐 도와드렸어요. 힘든 일 한 것도 아니예요."

엄마 얼굴에 구름 그림자가 지나갑니다.

"엄마. 내가 오늘 저녁엔 맛있는 죽을 끓여 드릴게요. 오늘 급식은 야채죽이 나왔는데 참 맛있었거든요. 그래서 제가 영양사 선생님께 여쭤봤어요. 그랬더니 선생님께서 죽을 맛있게 끓이는 방법을 가르쳐 주셨어요. 이제 조금만 기다리면 엄마는 수혜 요리사가 만드는 세상에서 가장 맛있는 죽을 드실 수 있다구요. 얼마나 신나는 일예요? 짜잔……."

수혜가 주방으로 가서 콧노래를 부르며 쌀을 씻기 시작합니다.

그때 어디선가 피아노 소리가 들려옵니다. 처음 들려 온 소리에 수혜와 엄마가 귀를 기울입니다.

"'소녀의 기도'네. 참 듣기 좋구나. 처음 듣는 소린데 누가 치는 걸까?"

그러고 보니 어제 앞집에 새로 이삿짐이 들어오는 걸 본 기억이 납니다.

"어제 앞집에 누가 이사를 오던걸요."

"으음, 앞집 곰보 아저씨네가 이사간 지 두 달이 되도록 이사 오는 사람이 없더니 잘 되었구나. 그런데 어떤 사람들일까? 피아노를 저렇게 잘 치는 걸 보면 착한 사람들일거야."

"피아노를 잘 치면 착한 사람이에요? 우리반 은경이는 피아노는 잘 치지만 깍쟁이인걸 뭐……."

"저런, 그럴 수도 있지. 하지만 노래 부르기를 좋아하거나 악기 연주를 열심히 하는 사람들은 대부분 마음이 순하고 곱단다. 엄마가 여학생일 때 피아노를 잘 치는 친구가 있었단다. 그 친구가 치는 피아노 소리를 들으면 마치 천사들이 춤을 추는 것 같은 생각에 빠져 들곤 했어. 그리고 그 친구 마음도 천사 같았지. 엄마는 피아노도 없고 형편이 어려워서 피아노를 배우지 못했는데 그 친구가 내게 피아노를 가르쳐 주려고 애를 썼지. 그러다가 서울로 전학을 가는 바람에 헤어지게 되었어. 우리 수혜에게 피아노를 가르치고 싶었는데 엄마가 이렇게 몸이 아파서 어쩔 수가 없구나. 내가 빨리 나아서 일을 해야 할 텐데……."

엄마의 눈에 어느새 눈물이 고입니다.

수혜는 쌀을 씻어서 물에 담가 두고 피아노 소리가 들려오는 마당
으로 나갑니다. 마당 한쪽에 서 있는 감나무에는 연두빛 새잎이 파릇
파릇 돋아 있습니다.

"참 여리고 예쁜 잎이네."

수혜가 중얼거리며 담장 너머 피아노 소리가 들려오는 곳을 바라
봅니다. 피아노 소리는 마치 감나무의 여린 잎처럼 파르람 파르람 날
아서 수혜네 마당으로 날아옵니다.

"내가 피아노를 칠 줄 안다면 얼마나 좋을까? 엄마에게 들려 드리
면 엄마 병이 나을지도 몰라."

부러운 눈으로 앞집을 바라보던 수혜에게 퍼뜩 '홍이 아저씨' 생각
이 떠오릅니다. 수혜는 손을 모으고 마음속으로 홍이 아저씨를 불러
봅니다.

"홍이 아저씨. 저는 피아노를 치고 싶어요. 우리 엄마에게 피아노
로 아름다운 노래를 들려 드리고 싶어요."

그때 까치 한 마리가 포르르 날아와서 감나무에 앉았습니다. 까치
는 무슨 신나는 일이라도 있는 듯 노래를 부릅니다. 마치 까치가 피
아노 반주에 맞추어 노래를 부르는 것만 같습니다.

피아노 소리가 멈추는가 싶더니, 앞집 창문이 열리고 머리가 하얗게 센 할머니 한 분이 담장 너머 수혜네 마당에 서 있는 감나무를 쳐다보다가 수혜를 발견하고 미소를 지으며 말씀하십니다.

"참 좋은 감나무로구나. 안녕? 난 어제 이 집으로 이사 왔단다. 이제 이웃이 되었으니 자주 보겠구나. 반갑다. 이름이 뭐니?"

"안녕하세요? 저는 수혜라고 해요. 채수혜."

"수혜? 참 예쁜 이름이구나. 까치 소리가 들리길래 창문을 열어 봤지. 시골에서 늘 듣던 소리야. 뒷산에 유난히 까치가 많았거든."

"그럼 시골에서 사셨어요?"

"응. 산이 많은 고장에서 살다가 이 집으로 이사를 온 거야. 그런데 거기서 뭐하고 있었니?"

"피아노 소리 듣고 있었어요."

"수혜는 피아노 칠 줄 아니?"

"전 피아노 배운 적이 없어요. 하지만 언젠가는 피아노를 꼭 배워서 엄마께 아름다운 노래를 들려 드리고 싶어요."

할머니는 희고 빛나는 얼굴로 수혜를 쳐다보며 웃습니다.

"그럼 피아노 학원에 다니면 되잖니? 이 근처에 학원이 많던데……"

"그러고 싶지만 우리 엄마가 아파서 일을 못하시기 때문에 학원에 다닐 수가 없어요."

수혜가 말하자 할머니께서 말씀하십니다.

"그럼 내가 가르쳐 줄까?"

수혜는 깜짝 놀라서 말합니다.

"정말이세요? 그럼 조금 전 피아노 소리 할머니께서 치신거였어요?"

"그래, 나는 몇 년 전까지 중학교에서 아이들에게 음악을 가르쳤단다. 지금은 퇴직을 하고 가끔 혼자서 노래하고 싶을 때 피아노를 치곤하지. 그런데 수혜가 피아노를 치고 싶다면 내가 가르쳐주마. 이렇게 이웃이 된 것은 대단한 인연이란다."

"네, 가르쳐주세요. 저는 꼭 피아노를 치고 싶어요."

수혜가 기뻐서 팔짝팔짝 뛰는 바람에 놀란 까치가 푸드득 소리를 내며 날아갑니다.

"그럼 수혜가 시간이 있을 때 언제든 우리집에 오렴."

할머니는 인자하게 말씀하십니다.

"그럴게요. 감사합니다."

수혜는 할머니께 인사를 드리고 집 안으로 들어가서 죽을 끓이기 시작합니다. 죽을 끓이는 동안 설레임으로 가슴이 꼭 시소를 타는 것만 같습니다. 그리고 수혜 자신에게 속삭입니다.

'피아노를 열심히 배워 엄마를 깜짝 놀라게 해드려야 해. 그때까진 엄마께 비밀로 하자. 홍이 아저씨가 또 나타났어.'

서쪽 창문이 붉게 물듭니다. 밖을 내다보니 학교 뒤편 산 너머로 마치 홍시처럼 붉은 해가 막 넘어가고 있습니다.

가을이 되었습니다. 마당에 서 있는 감나무엔 감이 익어가고 어디 선가 날아 온 고추잠자리 한 무리가 맴을 돌며 춤을 춥니다.

학교에서 일찍 돌아 온 수혜는 앞집 할머니 댁으로 갑니다. 할머니는 안경을 끼고 책을 읽고 계시다가 수혜가 들어가자 반갑게 맞아 주십니다.

"우리 수혜 오늘은 '에델바이스'를 한번 쳐 볼까?"

"네, 그런데 '에델바이스'는 무슨 뜻이에요?"

"응, 높은 산에 쌓여 있는 눈 속에서 피어나는 하얀 꽃이란다. 추위를 견디고 이겨내며 아름답게 피는 꽃이어서 사람들이 좋아하지. 그리고 때묻지 않은 순결을 상징한단다. 사람도 에델바이스처럼 고통을 이겨내고 끝까지 노력하면 끝내는 꿈도 이루고 행복하게 살 수 있단다."

수혜는 마음을 한 곳에 모아 피아노를 칩니다.

"우리 수혜 대단한데. 이 곡을 한 군데도 틀리지 않고 치다니 말이야."

"할머니, 아니 선생님. 그럼 우리 엄마께 들려 드려도 될까요?"

"엄마께? 그러렴. 이제 어머니께 들려 드려도 충분한 실력이야."

수혜는 바람처럼 집으로 달려갑니다.

"엄마, 우리 밖에 나가요."

"밖엔 왜?"

"가보면 알아요. 엄마한테 근사한 선물을 드릴게요."

엄마는 몸이 아파서 걷지 못하게 된 후부터 밖에 나가지 않고 방 안에서만 지냅니다.

"마음이 내키지 않는 걸, 휠체어를 타야 하잖아. 난 휠체어를 타는 게 싫어."

엄마는 슬픈 얼굴로 말합니다.

"그래도 엄마, 딱 한 번만, 부탁이에요. 수혜가 좋은 선물을 드릴게요."

엄마는 내키지는 않지만 수혜가 애교를 떠는 바람에 어쩔 수 없이 휠체어에 앉습니다.

수혜는 엄마의 휠체어를 감나무 아래에 놓고 다시 바람처럼 달려서 앞집으로 갑니다. 그리고 창문을 활짝 열고 엄마를 부릅니다.

"엄마. 여기를 보세요. 이제 선물이 날아 갈 거예요."

수혜는 정성스럽게 마음을 모아 피아노를 칩니다. 에델바이스, 들장미, 소녀의 기도……아름다운 피아노 소리가 엄마가 있는 수혜의 집 마당으로 날아갑니다.

엄마는 휠체어에 앉아서 피아노 소리에 귀를 기울입니다.

갑자기 피아노 소리가 뚝 끊깁니다. 그리고 앞집 창에 수혜가 불쑥 나타납니다.

"엄마. 여기 보세요. 방금 피아노 소리 들으셨어요?"

그러자 엄마가 고개를 끄덕입니다.

"누가 친줄 아세요?"

그러자 엄마가 고개를 흔듭니다.

"엄마 딸 수혜가 친 거예요. 엄마에게 들려 드리려고 날마다 조금씩 연습했어요. 엄마 딸 수혜가 이제 피아노 칠 줄 알아요. 그게 엄마께 드리는 선물이에요."

갑자기 엄마의 얼굴이 맨드라미꽃처럼 붉게 물들더니 눈에서 눈물이 방울방울 떨어집니다. 수혜는 할머니와 함께 엄마에게 갑니다.

"어떻게 된 거니?"

엄마는 수혜와 할머니를 번갈아 바라보며 의아한 표정으로 묻습니다.

"엄마. 나의 선생님이세요. 지난 봄부터 지금까지 피아노를 가르쳐 주셨어요."

엄마는 눈물을 흘리면서 할머니께 말씀하십니다.

"감사합니다. 감사합니다. 이 은혜를 어떻게 보답해야 할지……."

그러자 할머니께서 미소를 짓고 말씀하십니다.

"이제 수혜 어머니 병도 꼭 나을 거예요. 수혜가 지난 봄부터 피아노 칠 때마다 엄마께 좋은 피아노 연주 들려 드리면 병이 나을 거라고 했어요. 하루도 빠지지 않고요. 무슨 일이든 말로 만 번을 반복하면 그 일이 실제로 이뤄진대요. 아마도 수혜가 만 번이 넘도록 엄마의 병을 위해 정성껏 기도를 했을 거예요."

엄마의 눈이 반짝 빛을 냅니다. 그리고 앉았던 휠체어에서 몸을 일으킵니다. 처음에는 허리를 구부정하게 서 있다가 점점 허리를 펴더니 한 걸음을 내디딥니다. 그러다가 쓰러질 뻔한 것을 수혜와 할머니가 얼른 붙잡아 줍니다. 엄마는 입술을 악물고 다시 한 발을 내딛습니다. 쓰러지려고 할 때마다 입술을 꼭 깨물고 정신을 가다듬어 한 걸음 두 걸음 내딛기 시작합니다.

한참 후에 기적처럼 엄마가 천천히 마당을 걸어 다닙니다.

수혜와 할머니가 기쁨의 환호성을 지릅니다.

감나무의 감이 노을빛으로 익어가고 까치들도 덩달아 신나게 노래를 합니다.

꽃이 피는 의자

오봉산 숲속에 나무들이 모여 살고 있는데, 그 가운데 대장나무라고 불리는 나무가 있었답니다. 그 나무는 어른이 두 팔로 안아도 부족할 만큼 우람하고, 수많은 가지에 초록색 잎을 잔뜩 달고 있는 아주 멋진 나무예요.

새들은 멋진 대장나무의 어깨나 팔 위에 앉아서 노래하고 바람도 대장나무 가지를 흔들며 춤을 추는 것을 좋아해서, 대장나무의 주변은 늘 노랫소리와 웃음소리로 가득 찼지요. 그래서 대장나무의 하루하루는 마치 잔치라도 하는 것처럼 즐거움이 넘쳤어요.

그러던 어느 날, 얼굴에 턱수염이 북슬북슬 난 사람이 숲속에 나타났어요. 나무와 풀들, 그리고 새들조차 숨을 죽이고 그 사람을 지켜 보고 있었어요.

대장나무도 마음속으로는 걱정이 되었지만, 여느 때와 다름없이 큰소리로 기침을 하고 가지를 쭈욱 늘이며 하품도 했어요.

"조심하세요. 저 사람은 아랫마을에 사는 털북숭이 장 목수예요."

옆에 있던 파랑새가 귓속말을 했지만 대장나무는 아랑곳하지 않고 크게 휘파람까지 불었습니다. 대장나무의 휘파람 소리를 들은 장 목수가 대장나무의 곁으로 다가와서 나무를 찬찬히 살펴보다가 돌아갔 답니다.

그러자 숲속의 나무와 풀들은, 위험한 것도 아랑곳하지 않고 씩씩 하게 휘파람을 부는 대장나무를 향해 손뼉을 치면서 "대장만세, 대장 만세"를 외쳤어요.

그런데 며칠이 지난 후 털북숭이 장 목수가 또 숲속에 나타났어요. 나무들은 모두 몸을 떨며 그 사람의 행동을 숨을 죽이며 지켜보고 있 었어요. 장 목수는 대장나무를 향해 성큼성큼 다가가더니 나무를 쳐 다보며 혼잣말을 하는 것이었어요.

"이 숲속에 이렇게 좋은 나무가 있는 줄 왜 진즉 몰랐을까? 꽤 쓸 만하군."

하고는 가방에서 날카로운 톱을 꺼내어 대장나무를 자르기 시작했어요. 얼마 후 대장나무는 그만 정신을 잃고 쓰러지고 말았어요.

대장나무가 정신을 되찾았을 때엔 모든 것이 달라져 있었어요. 예전처럼 하늘을 향해 씩씩하게 서 있는 우람한 나무가 아니라 몸이 두 동강이 난 채로 장 목수가 일하는 목공소 구석에 놓여 있었던 거예요.

"내 작은 가지들은 어디로 갔을까? 초록잎들은 또 어찌됐을까?"

대장나무가 눈물을 흘리고 있을 때 장 목수가 들어왔어요. 그리고 대장나무를 끄집어 내고는 대장나무의 몸을 대패로 밀기 시작했어요. 어찌나 아픈지 대장나무는 그만 또 정신을 잃고 말았어요.

그러다가 시끄러운 소리에 눈을 떴을 때 대장나무는 의자가 되어 오봉산 기슭 공원에 놓여 있었어요.

공원에 온 사람들은 산책을 하다가 피곤해지면 의자에 앉아서 쉬곤했어요. 그래서 대장나무는 늘 사람들의 몸에 짓눌려서 하루하루가 고달프기만 했지요.

"내 꼴이 이게 뭐람. 난 이젠 하늘을 향해 뻗어 나갈 수가 없어. 새들이 앉아서 놀던 어깨도 없고 살랑살랑 노래를 부르던 이파리들도 없어. 거기다가 늘 빈대떡처럼 사람들의 엉덩이에 짓눌려야 해. 날 이렇게 만든 털북숭이 장 목수가 미워. 아니 사람들이 모두 미워, 미워."

의자가 된 대장나무는 날마다 화를 내며 하루하루를 보내고 있었어요.

그러던 어느 날, 머리에 빨간 리본을 맨 예쁜 소녀가 할아버지의 손을 잡고 공원에 왔어요. 소녀는 의자를 보자마자 빨간 리본을 나풀거리며 다람쥐처럼 쪼르르 달려왔어요.

"와! 새 의자가 놓여있네. 할아버지. 이 의자에 앉아서 좀 쉬어가요."

"그래. 참 멋진 의자로구나."

할아버지와 소녀가 앉자 화가 난 대장나무는 한쪽 다리를 들썩하고 쳐들었어요. 그러자 의자에 앉아 있던 할아버지와 소녀가 그만 땅바닥에 나뒹굴고 말았어요. 가까스로 지팡이를 짚고 일어선 할아버지는 무릎이 아파서 제대로 걷지를 못하게 되었고 소녀의 팔꿈치에는 발갛게 상처가 나고 말았어요.

"새 의자인줄 알았더니 고장난 의자로구나. 이런 의자를 사람들이 많이 오가는 공원에 두다니……. 허엄……."

할아버지는 소녀의 손을 잡고 다리를 절뚝거리며 공원을 떠났어요.

그 모습을 바라보는 의자가 된 대장나무는 참기름이라도 마신 듯 고소했답니다. 그리고 그후로 사람들이 제 몸에 앉기만 하면 한쪽 다

리를 들썩하고 쳐들어서 사람들이 땅바닥에 나뒹굴도록 만들었어요. 그러다보니 언제부턴가 의자에 앉는 사람들이 점점 줄어들더니 아예 아무도 앉지 않게 되었어요. 그러자 의자가 된 대장나무는 자신의 똑똑한 머리를 자랑하며 어깨를 으쓱했답니다.

그런데 그후로 지나가는 사람들이 의자가 된 대장나무를 쳐다보며 말했어요.

"저렇게 고장난 의자를 빨리 없애지 않고 왜 저렇게 두는 거야. 보기도 싫은데……."

"맞아. 내가 저 의자에 앉았다가 넘어져서 얼마나 고생을 했는지 몰라. 저런 의자는 빨리 치워버려야 해."

하지만 의자가 된 대장나무는 예전에 숲속에서 다른 나무들이 모두 자신을 대장나무라고 부르던 때를 생각하며 아랑곳하지 않았어요.

그러던 어느 날 갑작스런 일이 생겼어요. 사람들이 의자가 된 대장나무를 숲속에 내다 버리지 않겠어요?

사람들이 돌아간 후 숲속에 남겨진 의자는 주위를 둘러보며 외쳤어요.

"야호! 여긴 숲속이다. 난 숲속의 대장! 어이, 친구들. 나 좀 봐. 내가 돌아왔다구."

그런데 숲속의 나무들은 의자가 된 대장나무를 멀뚱멀뚱 쳐다보기만 할 뿐 아무도 반겨주지 않았어요. 그뿐만이 아니라 나무들은 의자가 된 대장나무를 보고 말했어요.

"이봐. 지금도 대장나무인줄 알아? 이제 넌 의자야. 사람들이 앉아서 쉬는 의자라고. 이제 네가 있을 곳은 이 숲속이 아니라 사람들이 오고 가는 공원이란 말이야."

순간 의자가 된 대장나무는 벼락이라도 맞은 듯 놀라고 말았어요. 정신을 차리고 천천히 주변을 둘러보니, 다른 나무들은 예전과 다름없이 새들이 날아와서 쉬어가도록 팔을 벌리고, 바람이 즐겁게 노래 부르도록 초록색 잎사귀들을 매달고 서 있었어요. 그 모습은 무척 평화롭고 아름답게 보였어요.

사람들이 오지 않는 숲속에서 자신이 할 일은 아무것도 없다는 것을 느낀 의자가 된 대장나무는, 몸을 비틀고 몸부림을 치며 소리 내어 엉엉 울었어요. 그러나 그 소리는 새들의 노랫소리와 나무가 부는 휘파람 소리에 묻혀 버리고, 몸부림을 칠수록 온몸에 상처만 생길 뿐이었어요.

그러던 어느 날 의자의 몸 위로 떡갈나무 이파리 하나가 팽그르르 떨어졌어요.

"넌 왜 허락도 없이 남의 몸 위로 떨어지니?"

대장나무가 화를 내며 물었어요. 그러자 떡갈나무 이파리가 작고 상냥한 목소리로 대답했어요.

"미안해요. 나도 떨어지고 싶어서 떨어지는 건 아녜요. 사실은 나도 떡갈나무 가지에서 오래오래 살고 싶어요. 하지만 이제 가을이 깊어져서 나무가 우리를 떼어내야만 해요. 그러니 의자님 품속에서 좀 지내게 해주세요."

의자가 된 대장나무는 기분이 썩 좋지는 않았지만 떡갈나무 이파리가 간절한 눈빛으로 부탁을 하는 바람에 고개를 끄덕이고 말았어요. 그러자 다른 떡갈나무 이파리들도 하나 둘 의자 위로 날아와서 쌓이다보니 얼마 후엔 의자의 몸은 나뭇잎으로 가득 덮이게 되었어요.

어느덧 찬바람이 불고 흰 눈이 내리기 시작했어요. 의자 위에 앉은 나뭇잎에도 눈이 내렸어요. 눈은 자꾸자꾸 내려서 나뭇잎들을 하얀 이불처럼 덮고 또 덮었어요.

의자가 된 대장나무는 나뭇잎과 눈이 몸을 짓누르는 바람에 짜증이 났어요. 또 다리를 들썩해서 나뭇잎과 눈을 털어버리고 싶은 생각이 들었지만 나뭇잎들을 포근히 감싸고 있는 흰 눈을 보자 그만 마음이 약해져서 눈이 녹을 때까지 참고 견디기로 마음을 먹었어요.

드디어 따뜻한 바람이 훈훈하게 불던 봄날, 흰 눈이 하얗게 웃으며 작별 인사를 했어요.

"안녕. 고마운 의자야. 난 이제 떠나야 해. 그동안 고마웠어. 너를 잊지 못할 거야. 내년에 다시 올게."

의자가 된 대장나무도 섭섭한 마음이 들었어요.

"그래, 흰 눈아 안녕. 내년에 꼭 다시 와. 잘 가."

눈이 사라지고 나니 몸이 한결 가벼워졌어요. 그런데 눈이 녹자마자 까맣고 지저분한 것들이 눈에 띄기 시작했어요. 자세히 보니 그것은 나뭇잎들이 썩어서 만들어진 흙이었어요. 의자는 참을 수 없을 만큼 화가 났어요.

"내 몸에 웬 흙무더기람. 난 이제 너는 견딜 수 없어. 빨리 땅바닥으로 내던져버려야지."

의자가 된 대장나무가 중얼거리며 한쪽 다리를 치켜들려고 할 때, 갑자기 쥐눈망울만큼 작고 연노란 싹들이 의자 위 흙 속에서 막 고개를 내밀고 있는 모습이 눈에 띄었어요. 그 모습을 본 의자는 그만 가슴속에서 화산 폭발이라도 하는 듯 화가 치밀었어요.

"세상에 이게 뭐람. 글쎄 내 몸에서 싹이 돋아나다니……. 이게 다 그 몹쓸 나뭇잎들과 눈 때문이야. 눈이란 놈 내년에 오기만 하면 혼내 줄 거야. 그리고 이제 다시는 나뭇잎들이 내 근처에서 얼씬도 하지 못하도록 할 거야."

의자가 된 대장나무는 흙을 털어버리려고 거칠게 한쪽 다리를 들었어요. 그때 막 돋아난 여린 싹들이 눈을 동그랗게 뜨고 의자를 쳐다보는 것이었어요. 어린 싹과 눈이 마주친 순간 의자가 된 대장나무는 어린 싹이 가엾다는 생각이 들었어요. 그래서 어린 싹들을 지켜주기로 마음을 먹고 싹들이 놀라지 않도록 숨소리조차 죽이며 가만히 있었어요. 하지만 그것은 여간 불편한 것이 아니었지요.

햇볕이 더욱 따뜻해지고 봄비가 내리기 시작했어요. 싹들은 즐거운 노래를 부르며 쑥쑥 자랐어요. 의자가 된 대장나무는 자라난 싹들 때문에 하늘조차 제대로 쳐다 볼 수 없었지만 쏘옥쏘옥 귀엽게 자라나는 싹들을 바라보면서 하루하루를 보내고 있었어요. 그런데 이상한 일은 그럴수록 의자의 마음은 한없이 즐거워지고 기쁨이 넘치며 저절로 콧노래가 흘러나오는 것이었어요. 의자가 된 대장나무는 고개를 갸우뚱거렸지만 그 까닭을 알 수 없었어요.

그러던 어느 날 아침, 깊은 잠에 취해 있던 의자가 된 대장나무는 코끝을 스치는 향기에 놀라 눈을 떴어요. 그러자 막 피어난 보랏빛 꽃이 귀여운 목소리로 속삭였어요.

"아저씨 안녕하세요? 저는 제비꽃이에요. 이제 곧 제비가 올 거예요. 제가 피어나면 제비들이 찾아와요. 아저씨. 제비들이 오면 제가 모두 초대해서 아저씨를 즐겁게 해 드릴게요."

그러자 노란 꽃봉오리도 꽃잎을 활짝 열며 말했어요.

"안녕하세요? 의자아저씨, 저는 바람이 홀씨를 아저씨 품속에 있는 흙에 날려 보내서 이렇게 피어날 수 있었어요. 저는 민들레라고 해요. 의자아저씨, 그동안 잘 키워주셔서 감사합니다."

민들레는 달빛처럼 노랗게 웃으며 말했어요.

그리고 작고 귀여운 풀꽃들이 앞을 다투어 피어나서 맑고 귀여운 목소리로 노래를 부르기 시작했어요.

"의자아저씨, 사랑해요. 의자아저씨, 사랑해요……."

꽃들의 노랫소리가 숲속에 울려 퍼지기 시작했어요.

의자가 된 대장나무는 마음이 즐거워졌어요. 자신의 품속에서 작고 예쁜 꽃들이 피어나서 향기를 내보내고 맑고 고운 목소리로 노래를 부르는 것을 보니 마음이 뿌듯해졌어요.

의자가 된 대장나무의 품속에서 피어난 꽃들은 햇빛을 친구삼아 더욱 고운 빛깔과 고운 향기를 내뿜었어요.

그러던 어느 날, 머리에 빨간 리본을 단 소녀가 할아버지 손을 잡고 숲속에 나타났어요. 풀숲을 이리저리 뛰어다니며 노래를 부르던 소녀가 의자를 보며 큰소리로 말했어요.

"와! 꽃의자가 있네. 어쩜 의자 위에서 이렇게도 예쁜 꽃이 가득 피어났을까? 할아버지, 할아버지. 빨리 오셔요. 꽃의자가 있어요."

할아버지가 다가와서 흐뭇한 표정을 지으며 말씀하셨어요.

"그렇구나. 이 꽃은 민들레, 이것은 제비꽃, 여기 이 꽃은……흐음…… 할미꽃, 이 노란 꽃은 애기똥풀, 그리고 보니 웬만한 봄꽃은 다 모인 셈이로구나. 그것도 들꽃으로만 말이야. 허허허……."

할아버지는 기분 좋게 웃으십니다.

"자, 이제 집에 가자. 곧 저녁이 될 텐데…… 숲속은 빨리 어두워지거든."

그러자 소녀가 할아버지 팔에 매달리며 말합니다.

"할아버지. 이 꽃의자를 갖고 싶어요. 친구들에게 꼭 보여 주고 싶어요. 할아버지. 의자를 집에 가져가요."

소녀가 조르자 할아버지가 꽃의자를 이리저리 살펴보시며 말씀하십니다.

"그렇게도 갖고 싶으냐? 집에 가져가려면 꽤 힘들 텐데……. 그래도 우리 귀염둥이가 간절히 바라는데 어쩔 수 없지. 그리고 보니 우리집 정원 잔디밭에 두면 썩 어울리겠는걸."

할아버지는 의자를 조심스럽게 들고 천천히 숲길을 걸어가십니다.

그 모습을 지켜보던 숲속의 바람이 노래를 부릅니다. 어디선가 제비들도 날아와서 오봉산이 흔들리도록 함께 목청을 돋우어 노래를 부릅니다.

"대장나무에 꽃이 피었네. 대장나무에 꽃이 피었네. 대장나무에 꽃이 피었네……."

하늘나라 동화

"아빠! 엄마는 왜 안 오는 거야?"

아빠는 그런 석이에게

"엄마는 구름나라에 가셨단다. 그러니까 이제 우리 석이도 혼자 밥도 먹고 동무랑 사이좋게 놀아야 한단다."

라고 말씀하시고는 읍내로 일하러 가셨습니다.

석이는 혼자 하늘을 봅니다. 하늘에는 흰구름이 둥둥 떠가고 있습니다.

"와, 토끼 구름이 있네. 그럼 저 구름 속에서 엄마가 토끼랑 함께 사는 걸까?"

석이는 혼잣말을 하고는 대문 밖으로 달려 나갑니다. 그리고는 단숨에 비탈길을 달려 까치산 중턱까지 올라갑니다.

까치산 중턱에는 분홍빛 진달래가 아롱아롱 피어 있습니다. 석이는 진달래꽃을 꺾어들고 하늘을 쳐다봅니다. 그런데 조금 전에 보았던 토끼 구름은 보이지 않고 도깨비처럼 험상궂게 생긴 검은 구름이 떡 버티고 있습니다.

"야, 도깨비 구름아. 너 울 엄마 귀찮게 하면 내가 혼내 줄 거야."

석이는 하늘을 향해 감자를 먹이고는 햇빛이 환한 풀밭에 앉았습니다.

그때 풀숲에서 커다란 망태기를 든 방구 아저씨가 나타났습니다.

"너 석이 아니냐. 웬일로 여기서 혼자 노는 게냐?"

눈을 동그랗게 뜨고 묻는 방구 아저씨의 말에

"울 엄마 기다려요. 엄마가 저기 구름나라에서 사는데 엄마가 곧 오실 거예요. 우리집 마당보다는 까치산이 구름나라에 가깝잖아요."

하고는 다시 하늘을 쳐다봅니다.

방구 아저씨는 눈을 게슴츠레 뜨고 하늘을 쳐다보다가 혀를 끌끌……. 차고는

"그 꽃은 뭐 하러 그렇게 꼭 끌어안고 있는 게냐."

하고 묻습니다.

"울 엄마 오시면 선물하려고요. 저는 돈이 없어요. 그래서 엄마 선물을 살 수가 없거든요."

석이의 말에 웬일인지 방구 아저씨가 콧물을 쭈욱 들이킵니다. 그리고는 석이의 머리를 쓰다듬으며 말씀하십니다.

"집에 가자. 네가 이러면 아빠가 걱정하신다."

방구 아저씨 말에 석이는

"조금 더 있다 갈 거예요. 도깨비 구름을 이겨야 해요."

하고는 도깨비 구름을 쏘아봅니다.

방구 아저씨가 방구를 뿡뿡 뀌면서 산을 내려가고, 석이는 진달래꽃을 가슴에 안고 하늘을 쳐다봅니다. 그런데 도깨비 구름이 슬슬 움직이더니 검은 옷을 벗어버리고는 꽃처럼 붉은 옷을 갈아입었습니다.

"야, 너 도깨비 구름아. 내가 무서우니까 착한 구름으로 변하는 거지?"

석이가 또 구름을 향해 쑥떡감자를 먹이고 있는데 아빠가 부르는 소리가 들립니다.

"석아, 서억아. 밥 먹어야지."

석이는 하늘을 쳐다보며 큰소리로 외칩니다.

"엄마! 엄마 아들 석이 집에 갈게요. 엄마! 도깨비 구름이 괴롭히면 내가 꿈나라에 가서 혼내 줄 테니까 걱정하지 마세요. 엄마 안녕!"

그러기를 여러 날이 지났습니다. 이제 까치산에는 분홍빛 진달래가 지고 하얀 망초꽃이 가득 피었습니다. 석이는 꽃을 가슴에 안고 풀밭에 앉아서 하늘을 봅니다. 그런데 하늘엔 구름이 없습니다.

"오늘은 왜 구름이 없을까? 구름이 엄마를 싣고 어디로 가버린거지?"

석이는 발을 동동 구릅니다.

그때 숲속에서 깨순이 누나가 고사리가 가득 담긴 바구니를 들고 나옵니다. 깨순이 누나는 석이를 보더니

"얘. 너 석이 아냐? 혼자 산에서 뭐하는 거니? 망태 할머니가 잡아 가면 어쩌려고……."

하고 말합니다.

"울 엄마 기다려요."

석이의 말에 깨순이 누나는 얼어붙은 듯 한참을 서 있더니 가만가 만 다가와서 말을 건넵니다.

"석아. 엄마가 어디 계시는지 알아?"

"아빠가 엄마는 하늘의 구름 속에서 살고 있다고 했어요."

석이의 대답에 깨순이 누나는 콧물을 훌쩍이면서 말합니다.

"구름 속에는 천사랑 선녀랑 살고 있어. 사람은 살지 않아."

깨순이 누나의 말에 석이가 발끈 화를 냅니다.

"아니야. 울 엄마가 살고 있어."

석이는 가슴에 안고 있는 망초꽃을 보이며 말합니다.

"울 엄마한테 이 꽃을 드릴거야."

깨순이 누나는 콧물을 훌쩍이며 비탈길을 내려갔습니다.

찬바람이 솔솔 부는 가을이 왔습니다. 까치산에는 보랏빛 들국화가 가득 피었습니다. 석이는 들국화꽃을 꺾으려다가 그만 둡니다. 예전에 엄마랑 들국화를 꺾어다가 유리병에 꽂아 두고 함께 보았던 기억이 떠올랐기 때문입니다. 석이는 망아지처럼 꽃 속을 뛰어다닙니다. 그러자 엄마 가슴에서 풍겨 나오던 향기가 콧속으로 살살 스며듭니다.

"엄마, 엄마, 엄마, 엄마……."

석이는 엄마를 부르며 들국화꽃 사이를 뛰어다니다가 하늘을 봅니다. 구름 속에는 도깨비도 토끼도 없습니다. 마치 시냇물이 흘러가는 것처럼 구름은 자꾸 어디론가 흘러갑니다.

석이는 구름을 향해 소리칩니다.

"야, 구름아! 가지마. 울 엄마 싣고 멀리 가면 안 돼. 가지마! 너 내가 때려 줄 거야!"

날이 어두워졌지만 석이는 집으로 갈 생각을 안 합니다. 아무리 주먹감자를 먹여도 구름은 아랑곳하지 않고 자꾸만 먼 곳으로 흘러가기 때문입니다.

석이는 들국화꽃 속에서 웅크리고 잠이 들었습니다. 그리고 새처럼 구름 속으로 날아갔습니다. 하늘 끝까지 올라가자 바람이 성성 소리를 내며 들려오고 아름다운 노랫소리도 들려왔습니다. 석이는 더욱 높이 올라갔습니다. 어디선가 하얀빛이 비치더니 사방이 은빛으로 반짝이기 시작했습니다. 그리고 어디서 나타났는지 몸에 하얀 날개가 달린 천사들이 새처럼 날아다니며 춤을 추었습니다. 또 머리에 하얀 리본을 달고 하얀 옷을 입은 선녀들이 피리를 불며 날아다녔습니다. 석이는 두리번거리며 엄마를 찾았습니다. 그러자 천사들의 날개 사이로 백합꽃을 든 엄마의 모습이 보였습니다. 석이가 엄마에게 달려가자 엄마 모습이 저만치 멀어졌습니다. 석이는 더욱 빨리 엄마에게 달려갔습니다. 그러나 엄마는 그만큼 또 멀어져갔습니다.

"엄마, 엄마, 가지마. 엄마, 나 석이에요."

하지만 엄마는 석이를 보며 웃고 있을 뿐입니다.

얼마 후 멀리서 사람들이 웅성거리는 소리가 희미하게 들려왔습니다. 그 소리는 점점 가까이 다가오더니 갑자기 환한 불빛이 비쳤습니다. 그 바람에 석이는 눈을 번쩍 떴습니다. 그러자 천사도 선녀도 엄마도 모두 사라져버렸습니다.

"석아, 석아, 서억아!"

아빠 목소리가 크게 들렸습니다. 석이는 몸을 일으켰습니다.

"저기 있다. 저기 석이가 있어요."

누군가 외치자 사람들이 석이를 향해 우르르 몰려들었습니다.

"이럴 줄 알았다니까요. 글쎄 애가 지난 봄부터 날마다 여기 와서 엄마를 기다린다고 하더라고요. 꽃다발을 들고서……쯧쯧……이를 어쩐대요."

깨순이 누나가 말하자 방구 아저씨도 끼어듭니다.

"뭐 하러 그런 거짓말을 했담. 구름 속에 엄마가 살고 있다고 말이야. 그런 새빨간 거짓말을 해가지고 애를 이 지경으로 만든담."

아빠가 석이를 와락 품에 안고 산비탈을 내려갑니다.

"석아. 다시는 산에 올라가지 마라. 네가 자꾸 산에 올라오면 엄마가 슬퍼서 울거야. 이제 엄마 슬프게 하지 말고 우리 석이 씩씩하게 지내야 해. 알았지?"

"아빠. 엄마를 봤어요. 구름 속에서 엄마를 봤어요."

석이는 빙긋빙긋 웃으며 말합니다.

어느덧 찬바람이 씽씽 부는 겨울이 되었습니다. 하늘엔 온통 회색빛 구름이 가득하더니 함박눈이 송송 내립니다. 밖을 내다보던 석이가 아빠에게 물어봅니다.

"아빠. 구름은 어디 갔어요?"

"구름이 눈이 되어 내리는 거란다."

그러자 석이의 눈이 반딧불처럼 반짝하고 빛을 냅니다.

"구름이 눈이 되어서 내려요? 그럼 저 눈 속에 엄마가 계시겠네. 와!"

석이는 환호성을 지릅니다.

아빠가 석이를 물끄러미 쳐다보다가 말씀하십니다.

"석아. 오늘 엄마 만날까?"

하고는 마당으로 나가 눈덩이를 굴립니다. 석이도 아빠처럼 눈덩이를 굴립니다. 아빠 눈덩이는 배가 불룩하고 석이 눈덩이는 뒷통수가 튀어나왔습니다. 아빠 눈덩이 위에 석이 눈덩이를 올려놓자 눈사람이 되었습니다. 아빠는 눈사람에게 노란색 엄마 모자를 씌워주고 분홍빛 엄마 목도리도 둘러줍니다. 석이는 고개를 갸웃거립니다.

"아빠. 엄마는 언제 만나요?"

아빠는 찡긋하고 눈웃음을 지으며 말합니다.

"지금 만나고 있잖아. 이제 엄마는 예전의 엄마 모습으로 우리에게 올 수가 없어. 엄마는 구름 속에서 천사들이랑 선녀들이랑 살기 때문에 이렇게 하얀 눈이 되어 우리에게 오는 거야. 우리 석이가 밥도 많이 먹고 씩씩하게 자라면 엄마가 하늘나라 구름 속에서 다 보고 있을 거야. 알았지?"

석이는 고개를 끄덕입니다. 그리고 아빠 머리에 소복소복 내리는 눈을 쳐다봅니다. 눈은 아빠의 어깨에 가슴에 자꾸자꾸 쌓입니다.

"와! 아빠도 엄마처럼 눈사람이 되었네."

석이가 아빠 손을 잡고 눈사람 곁을 깡총깡총 뛰어다닙니다.

눈은 천사의 날개처럼 나폴나폴 날아옵니다. 자꾸자꾸 날아옵니다.

먼 훗날의 과수원 길

돌담을 돌아가면 멀리 산기슭까지 과수원입니다.

겨울 동안 꽃 같은 건 영 피우지 않을 듯 입을 꼭 다물고 있던 고동색 나뭇가지에 며칠 전부터 분홍빛 꽃잎이 살짝살짝 내려앉더니, 이제는 아예 분홍 꽃넝쿨이 과수원에 가득 우거져 온통 분홍 꽃바람 속에 잠겼습니다.

벌써 한 시간이 넘도록 창수는 돌담 옆에 서서, 과수원 빨간 대문을 쳐다보고 있습니다. 여느 때 같으면 창수가 이 시간에 과수원 쪽 돌담에 서서 꽃잎을 바라보고 있을 시간이 아닙니다. 아마도 운동장에서 땀을 뻘뻘 흘리며 야구 연습을 하거나 아니면 삼거리에서 떡집을 하는 부모님 일손을 거들고 있을 것입니다.

그런 창수가 입 꼬리가 쳐진 시무룩한 모습으로 돌담에 기대어 서서 과수원 쪽을 보고 있습니다. 바람이 한 차례 지나가자 분홍 꽃잎들이 마구 흐트러지며 마치 수천 마리의 나비 떼처럼 춤을 춥니다. 꽃잎을 쳐다보는 창수의 눈 속으로 분홍색 나비들이 마구 날아듭니다.

"멍. 멍……."

바로 그때 빨간 대문 쪽에서 개 짓는 소리가 들려왔습니다. 창수는 얼른 고개를 돌려 소리가 나는 빨간 대문 쪽을 쳐다봅니다.

"와……."

창수의 입에서 저절로 탄성이 울려나옵니다. 노랑 원피스를 입은 수희가 대문을 나와 꽃넝쿨 속으로 들어가는 모습이 보였기 때문입니다. 수희는 혼자 과수원으로 들어가더니 분홍빛 꽃 그늘 속을 돌아다닙니다. 분홍빛 꽃가지 속으로 언뜻언뜻 보이는 수희의 노랑 원피스가 막 피어나기 시작한 수선화 꽃처럼 곱디곱습니다. 창수는 얼른 돌담을 돌아 달려가서 수희가 있는 쪽으로 갑니다. 과수원 가장자리엔 길과 경계를 이룬 철조망이 쳐 있고 반대편은 산입니다. 창수는 산 쪽을 쳐다보며 걸어갑니다. 수희와 함께 꽃 그늘 속을 돌아다니던 수희네 누렁이가 창수를 보고 짖기 시작합니다. 그러자 수희가 꽃가

지 밖으로 고개를 쏘옥 빼고 창수를 바라보는 것을 알면서도 창수는 모른 척 산 쪽을 보며 걸어갑니다.

"창수야."

수희가 부르지만 창수는 못 들은 척합니다.

"창수야."

수희가 또 부르자 창수가 고개를 돌리고 수희를 쳐다보며 소리를 꽥 지릅니다.

"왜?"

그러자 수희가 철조망 가까이로 다가옵니다. 양 갈래로 땋아 내린 머리끝에 초록색 리본이 매어 있습니다.

"나 내일 서울 가."

순간 창수의 가슴이 쿵 하고 내려앉았습니다.

"애들이 그러는데 너 다음 주에 간다던데……."

창수의 말에 수희가 하얀 얼굴에 눈웃음을 지으며 말합니다.

"응, 그러려고 했는데 아빠가 일주일 빨리 출국해야 한다고 내일 서울로 오랬어. 할머니랑 같이 가."

창수는 왠지 눈물이 나오려는 것을 꾹 참으며 말합니다.

"선생님도 알아? 그리고 애들도……."

"응. 오늘 할머니가 선생님께 말씀드렸어. 애들한테는 오늘 종례

시간에 작별 인사했고……참, 오늘 경기는 잘했니?"

"우리 팀이 우승했어. 내일 광주로 원정경기 나가."

"그래. 앞으로도 야구 열심히 해서 좋은 선수가 되길 바래."

창수는 고개를 끄덕입니다.

수희네 누렁이가 철조망을 훌쩍 넘어 창수가 서 있는 길로 나옵니다. 그러자 수희도 철조망이 부서진 곳을 골라 길 쪽으로 나오다가 옷이 철조망에 걸려서 하마터면 찢어질 뻔합니다.

"조심해."

창수가 자기도 모르는 사이에 소리를 지릅니다.

수희가 가까스로 철조망을 넘어 길 위로 나왔습니다.

바람이 불자 과수원이 분홍빛으로 흔들리고 멀리서 뻐꾸기 소리가 들려옵니다.

"미국에 가면 언제 올 건데?"

창수가 묻자 수희가 고개를 숙이고 땅바닥을 쳐다봅니다.

"나도 몰라. 내년에 올지 아니면 어른이 돼서 올지……. 아니면……."

말끝을 흐리는 수희를 보자 창수의 가슴이 쿵쿵거리기 시작합니다. 혹시 수희가 미국에 가서 영영 오지 않으면 어쩌나 하는 생각에 머리가 어지러워집니다.

"꼭 다시 와라."

창수가 먼 산을 보며 말하자 수희가 입을 삐죽이 내밀며 볼멘소리를 합니다.

"날 골탕 먹이고 괴롭힐 땐 언제고…… 참, 너 왜 나를 괴롭혔니? 다른 애들하고 같이 있어도 넌 나만 유난히 괴롭혔어. 내가 싫은 거지?"

수희가 눈을 반짝반짝 빛내며 창수를 바라봅니다. 창수는 대답 대신 고개를 숙이고 신발 앞부리로 길에 박힌 돌을 툭툭 차며 엉뚱한 말을 합니다.

"그 그림 참 잘 그렸어."

수희가 고개를 갸웃거리며 묻습니다.

"무슨 그림?"

"그 있잖아. 지난 주 미술 시간에 그린 그림. 꽃이 핀 과수원에서 어떤 여자 애와 남자 애가 손을 잡고 걸어가는 그림 말이야."

그러자 갑자기 수희의 얼굴이 붉어집니다.

"응, 그, 그거……. 사실은 그림이……."

수희는 무슨 말인가 하려다 말고 도리질을 합니다.

"아니야. 아무것도……."

그러다가 미소를 지으며 말합니다.

"난 네가 운동장에서 야구 연습하는 거 볼 때마다 왠지 기분이 좋

앉어. 넌 꼭 훌륭한 야구 선수가 될 거야."

다시 바람이 휘파람 소리를 내며 붑니다. 그러자 과수원에 온통 분홍빛 꽃보자기가 나부낍니다. 창수가 산 쪽을 향해 걷기 시작합니다. 수희도 창수를 따라 걸어갑니다. 길을 따라 살구나무가 산홋빛 궁전을 지었습니다. 벌들이 붕붕 소리를 내며 날아다니고 하늘에는 노을이 타오릅니다. 걸어가던 창수가 문득 걸음을 멈추고 수희에게 말합니다.

"수희야. 나중에 나중에도 과수원에 꽃이 필까?"

그러자 수희가 볼우물한 얼굴로 말합니다.

"나중에 나중에가 뭐야. 먼 훗날이라고 해야지."

그러자 창수가 멋쩍은 듯 머리를 긁적이며 말합니다.

"맞아. 먼 훗날……. 그때에도 과수원에 꽃이 필까?"

그때 수희의 손등 위로 꽃잎 하나가 팽그르르 돌며 날아와 앉습니다. 수희가 꽃잎을 검지손가락 위에 올려놓으며 말합니다.

"물론이지. 그때도 꽃이 필 거야. 지금 핀 꽃이 다시 또 필 거야. 꽃들이 우리들을 보고 있어. 꽃들이 기억할 거야."

"정말? 정말 꽃들이 우리를 기억할까?"

창수의 말에 수희가 고개를 끄덕이며 말합니다.

"꽃들이 작년에도 피었잖아. 그건 꽃들이 이 세상을 기억하기 때문

에 다시 온 거야. 바람이 보고 싶고 구름이 보고 싶고 또 과수원에 날아다니는 수많은 벌과 나비들이 보고 싶어서……. 그런데 내 생각에는 지금 저 꽃들이 우리를 보고 있을 것 같아. 그래서 우리를 먼 훗날까지 기억할 것 같아."

수희의 말을 듣고 있는 창수의 얼굴이 발그레 물듭니다.

창수가 수희에게 다가가 가만히 손을 잡습니다.

"수희야. 나 먼 훗날에도 너랑 이렇게 과수원 길을 걷고 싶어. 꼭 다시 올 거지?"

수희가 고개를 끄덕입니다.

창수는 수희의 손을 꼭 잡고 분홍 바람이 물결치는 과수원 길을 걸어갑니다. 아무 말도 하지 않고 걸어갑니다.

멀리 서쪽 하늘에선 붉은 노을이 곱게 타오르고 뻐꾸기 노랫소리가 노을 속으로 사라집니다.

감홍시

"봉구야. 성미랑 같이 교실 바닥을 좀 닦아라. 걸레 청소는 봉구가 잘하지."

대청소 시간에 선생님께서 말씀하셨다.

창 밖을 보니 다른 아이들은 샐비어가 가득 핀 꽃밭 가장자리에 돋아난 풀을 뽑거나 미끄럼틀 주변을 돌아다니며 휴지를 줍고 있었다. 그 모습을 보다가 선생님께 말씀드렸다.

"선생님. 전 걸레 청소 잘 못 해요."

"아냐, 선생님이 보기엔 봉구가 참 잘하던걸……."

선생님은 빙긋이 웃으시며 말씀하시고는 교무실 쪽으로 가셨다.

그러자 성미가 내 얼굴에 턱을 들이밀고는

"뽕구야. 걸레 청소 좀 해라. 그런 일은 착한 뽕구가 잘하지."

하고 선생님 흉내를 냈다.

"너 죽어."

내가 주먹을 들이밀자 성미가 혀를 쏘옥 내밀고는 복도로 달아났다. 나는 성미를 쫓아가려다가 그만 두고 걸레를 빨아서 교실 바닥을 닦기 시작했다. 집에서도 해보지 않은 일인데 왜 자꾸 선생님은 나만 보면 걸레 청소를 시키시는지 모르겠다.

내가 교실을 거의 다 닦을 때까지도 성미는 나타나지 않았다.

"이 계집애가 어딜 갔지?"

나는 조금 남은 교실 바닥을 마저 닦는 것이 억울한 생각이 들어서 남겨 두고 유리창 밖에서 나풀거리는 나비를 쳐다보고 있는데, 등 뒤에서 선생님 목소리가 들렸다.

"뭐하고 있는 거냐? 청소 안하고. 봉구는 다른 건 다 좋은데 할 일을 제대로 하지 않고 꾀를 부리는 버릇이 있더구나. 나쁜 버릇은 빨리 고쳐야지 안 그러면 고질병처럼 굳어져서 나중엔 고치려고 해도 안 돼요."

나는 억울한 생각이 들었다.

"선생님. 선생님께서 저하고 성미하고 같이 청소하라고 하셨는데 성미는 청소 안하고 저 혼자 다 했어요."

그때 마침 성미가 교실로 들어왔다. 선생님께서 성미에게 물으셨다.

"청소 안하고 어딜 다녀왔니?"

그러자 성미가 갑자기 슬픈 표정을 지으며 말했다.

"선생님. 사실은 어젯밤에 배가 아파서 한숨도 못 잤어요. 오늘 아침에도 배가 무척 아픈데 선생님이랑 친구들이랑 보고 싶어서 참고 학교에 나왔어요. 지금 보건실에 다녀오는 길이에요. 청소 못해서 죄송해요. 선생님."

하고 눈물이라도 쏟을 눈으로 말했다.

"음, 그러면 그렇지. 공부도 잘하고 착한 우리 성미가 꾀를 부릴 리가 없지. 몸이 많이 아프면 보건실에 가서 쉬어라."

선생님 말씀에 성미가 눈을 아래로 떨구며 말했다.

"괜찮아요. 선생님. 조금 더 참을 거예요."

"우리 성미는 참을성도 있구나."

선생님은 성미의 머리를 쓰다듬어 주셨다. 성미는 선생님이 머리를 쓰다듬어 주는 동안 얼굴을 옆으로 살짝 돌리고는 나한테 혀를 쏘옥 내밀었다.

수업이 시작되었다. 선생님이 칠판에 글씨를 쓰고 있는데 4분단 쪽에서 쪽지 하나가 1분단으로 휙 날아갔다. 성미가 쪽지를 날리는 걸 내 눈으로 똑똑히 보았다. 그리고 두 번째 쪽지가 공중을 날아갈 때 마침 선생님이 등을 돌리는 바람에 딱 걸렸다.

"누구냐? 수업시간에 쪽지 날리는 놈이……."

아무도 대답을 하지 않았다. 나는 성미를 쳐다보았다. 성미는 시치미를 뚝 떼고 아무렇지도 않게 앉아서 책에 눈을 두고 있었다.

"그 쪽지 좀 가져와라."

선생님 말씀에 파마머리 춘성이가 쪽지를 주워서 선생님께 가져다드렸다. 선생님은 쪽지를 펴서 읽다가

"누구냐? 수업시간에 떡볶이 사 먹자고 작당하는 놈이……."

그리고 3분단 쪽을 쳐다보셨다.

3분단에는 우리 반 말썽꾸러기 삼숙이와 경미가 있고 쪽지가 날아간 1분단에는 말썽꾸러기는 아니지만 공부를 못하는 수인이가 있다. 선생님은 3분단 애들이 한 짓으로 생각하시는지 눈에 힘을 잔뜩 주고 그 애들을 노려보며 말씀하셨다.

"선생님이 거짓말하는 사람이 가장 나쁜 사람이라고 했지? 감기가 모든 병의 근원이듯 거짓말은 모든 나쁜 짓의 근원이에요."

그러자 삼숙이와 경미가 큰소리로 말했다.

"제가 안했어요."

"저도 안했어요."

그 애들은 지난 주 수업시간에 서로 쪽지를 주고받다가 선생님한테 들켜서 야단을 맞은 적이 있었다.

내가 성미 쪽을 흘긋 보니 성미는 입술에 웃음을 물고 얌전하게 앉아 있었다. 그 모습을 보다가 나도 모르게 큰소리로 말했다.

"성미가 그랬어요."

선생님과 아이들이 나를 쳐다보았다.

"뭐? 성미가 그랬다고?"

선생님이 물으셨다.

"예."

선생님이 성미를 향해

"성미야. 네가 쪽지 던졌니?"

하고 묻자, 성미가 금세 눈물이라도 흘러내릴 듯한 눈빛을 하고, 슬픈 목소리로 말했다.

"아녜요, 선생님. 저는 공책에 글씨를 쓰고 있었어요."

나는 그런 성미를 보며 텔레비전에 나오는 누나들보다도 연기를 더 잘한다고 생각했다.

선생님이 내게 다가오시더니 내 귀를 꽉 붙잡고 비틀었다.

"아야!"

내가 비명을 지르자 아이들이 와! 하고 웃음을 터뜨렸다.

"너는 성미랑 바로 옆집에 살면서 왜 맨날 성미를 괴롭히고 그러니? 그럴 시간 있으면 독서를 하든지 공부를 하든지 이 머릿속을 좀 채워라. 알았어?"

꽝! 하고 알밤 터지는 소리가 났다.

그리고 세 명의 여자 아이들은 교실 뒤로 끌려 나가서 손을 들고 벌을 섰다.

수업이 끝나고 집으로 가는 길에 양계장 옆을 지날 때였다. 양계장 마당에 서 있는 감나무에 감들이 대롱대롱 매달려 있었다. 빨갛게 익은 감들은 손으로 살짝 건드리면 금세 터져버릴것만 같았다. 그 가운데 담장 밖으로 길게 뻗은 긴 가지에 달린 커다란 홍시가 내 눈을 잡아끌었다. 다른 감들하고 색깔도 똑같고 크기도 비슷한데 왜 그 감이 눈에 쏙 들어오는지 나는 알 수 없었다. 나를 보며 발갛게 웃고 있는 감을 쳐다보고 있는데 갑자기 성미 생각이 났다. 동그란 얼굴에 백 원짜리 구슬처럼 동그란 눈을 가진 성미 얼굴이, 신기하게도 빨간 홍시에 찰싹 달라붙는 것이었다. 그러고 다시 보니 이젠 감이 아니라 영락없는 성미 얼굴이다. 그러자 아침부터 있었던 일이 떠올라 나도 모르게 숨이 가쁘게 차올랐다.

그래서 돌멩이 한 개를 집어 들고는

"치, 너 죽어봐라."

하고 감을 향해 던졌다. 돌멩이는 보기 좋게 빗나가서 양계장 마당으로 떨어졌다.

돌멩이를 또 집어 들고 감을 향해 던졌다. 돌멩이는 감을 맞힐 듯 살짝 빗나가서는 양계장 지붕 위로 날아갔다. 감은 끄떡도 않고 대롱대롱 매달려서 나를 보고

'헤헤 용용, 던져보시롱, 던져보시롱……' 하며 놀리는 것만 같았다.

"너 두고 봐."

내가 씩씩거리며 자꾸자꾸 돌멩이를 던지는데 등 뒤에서 '까르르' 웃는 소리가 났다.

"야. 차뽕구. 뭐하나?"

돌아보니 성미가 눈웃음을 지으며 서 있었다. 그러다가 갑자기 돌멩이를 집어 들더니

"잘봐. 요렇게 던져야지."

하고는 감을 향해 휙 던졌다. 그러자 그 빨간 홍시가 톡 떨어지는 것이 아닌가.

그런데 돌멩이는 감만 떨어뜨린 것이 아니라 양계장 마당을 가로질러 마침 안에서 아저씨가 들고 나오던 계란 바구니를 딱 맞혔다. 그 바람에 아저씨가 놀라서 넘어지고 바구니에서 쏟아진 계란이 땅

바닥에 떨어지며 모두 다 깨져버렸다. 비틀거리며 일어난 아저씨가 나와 성미를 번갈아 쳐다보다가 나를 향해 소리를 질렀다.

"야, 너 이 자식 거기 서."

돌을 던진 건 성미인데 왜 또 내가 걸려드냔 말이다. 나는 우선 도망을 치기로 마음먹었다. 간신히 냇가 다리를 건너고 뒤를 돌아보니 다행히 양계장집 아저씨는 보이지 않는다. 대신 성미가 생글생글 웃으며 걸어오고 있었다.

얄미운 그 모습을 보다가 그만 돌부리에 걸려 넘어지고 말았다. 무릎을 살펴보니 다행히 피는 나오지 않지만 상처가 홍시처럼 벌겋고 무척 아프다. 걷지도 못하고 팽나무 아래 앉아 있는데 성미가 다가와서 물었다.

"많이 아파?"

화가 나서 주먹이라도 한 대 먹일 참인데, 생글생글 웃는 성미 얼굴을 보니 갑자기 주먹에서 힘이 빠져 버렸다. 할 말도 떠오르지 않아서 먼 산을 바라보는데 성미가 다친 내 무릎에 입을 대고 호…….하고 불었다. 따뜻한 성미의 입김이 살에 닿자 거짓말처럼 통증이 딱 멈추었다.

신기해서 눈만 끔뻑거리다가 정신을 차려보니 어느새 성미가 냇가 다리를 저만치 건너가고 있었다.

송이의 탈출기

송이는 땅 속이 갑갑해서 죽을 지경입니다. 바로 옆에 있던 큰 굼벵이인 찡이가 땅 위로 기어 나간 후로 땅 속이 더욱 갑갑하게 느껴집니다. 마음 같으면 당장에라도 땅 위로 솟구치고 싶지만 찡이가 나가면서 들려 준 말을 생각하면 그럴 수가 없습니다.

"꾹 참아야 돼. 그렇지 않고 땅 위로 올라가면 날갯짓 한 번 제대로 못하고 죽어버리게 돼. 그러니 지루해도 꼭 참아야 해."

찡이가 그렇게 말하고 고개를 까닥까닥하며 작별 인사를 한뒤 땅 위로 올라간 지도 벌써 삼 년 전의 일입니다. 그러니 송이가 땅 속에서 지낸 지도 벌써 오 년째입니다.

송이의 어머니는 뜨거운 여름 내내 미루나무에 올라가서 노래를 부르다가 찬바람이 불어오던 어느 날 그만 날개를 접고 죽고 말았습니다. 물론 어머니가 죽는 모습을 송이가 본 것은 아닙니다. 양 팔을 벌리고 눈을 크게 뜨고 가끔씩 윙윙 소리도 내며 서 있는 미루나무가 들려 준 말이지요. 그 말을 들은 송이가 슬퍼서 눈물을 흘리자 미루나무가 알려주었습니다.

"아가야. 울지 말아라. 그리 슬퍼할 일은 아니란다. 너희 어머니도 지금 네가 있는 내 새끼발가락 근처에서 어린시절을 보냈지. 성미가 좀 급했던지 내 발 밑에 들어 온 첫날 묻더군. 언제쯤 나가게 되느냐고. 그래서 내가 일곱 번째 돌아오는 여름에 알려주겠다고 했더니 그 때부턴 입을 꾹 다물고 잠을 자기도 하고 먹이도 부지런히 찾아 먹는가 하면 간간이 몸을 움직이며 운동도 하곤 했어. 그러다가 일곱 번째 여름에 땅에서 나와 내 몸을 타고 나무 꼭대기까지 올라갔지. 그리곤 유난히도 무덥던 그 해 여름 동안 고운 목소리로 신나게 노래를 부르고는 내 발 밑에 너를 낳았지. 그러니 너도 언젠가 쨍하고 땅을 솟구쳐서 푸른 하늘로 날아갈 꿈을 꾸렴."

미루나무의 말을 들은 그날부터 송이는 바깥세상을 생각하며 조용히 지냅니다. 그렇지만 바깥세상이 참을 수 없을 만큼 궁금해지곤 합니다. 그럴 때면 미루나무의 발가락을 살살 간지럽힙니다.

"아가야. 왜 그러니?"

"아저씨, 바깥세상은 어떻게 생겼어요?"

"끝없이 높고 푸른 하늘 아래 산과 들, 그리고 바다가 있지. 그 사이에 수많은 동물과 식물들이 살고 있지."

"지금 그곳에선 어떤 일이 일어나고 있나요."

"하늘에서 눈이 내리고 있구나. 세상이 온통 하얀빛이야."

"눈이라구요? 하얀빛은 어떻게 생겼어요?"

"글쎄…… 눈물 빛깔하고 닮았다고나 할까."

송이는 하늘에서 내린다는 하얀 눈을 상상해 봅니다. 그러나 눈물 빛깔하고 닮았다는 하얀 빛깔이 잘 떠오르지 않습니다.

"아저씨, 빨리 눈을 보고 싶어요. 지금 나가면 안될까요?"

송이는 정말로 땅 위로 나가려는 것처럼 몸을 꿈틀거립니다.

"아가야. 아직은 안 돼. 너무 춥거든."

미루나무 아저씨는 웅웅거리는 소리로 말합니다.

"싫어요. 땅 위로 나가서 눈을 볼거예요."

송이는 몸을 움직이며 머리로 흙을 밀어 올리며 땅 위로 올라갑니다. 땅 위로 고개를 내밀사 찬바람이 휙 불어오면서 몸이 오돌오돌 떨립니다. 때마침 불어 닦친 눈보라 때문에 눈조차 뜨기 어렵습니다. 하마터면 바람과 함께 어디론가 날아가버릴 뻔한 송이는 덜덜 떨면서 다시 땅 속으로 내려가 미루나무의 새끼발가락 사이로 들어갑니다. 그 모습을 지켜보던 미루나무가 껄껄 웃으며 말합니다.

"아가야. 왜 다시 돌아왔니?"

"춥고 무서워요."

"그러게 내가 뭐라고 했니. 지금은 때가 아니라고 했잖아. 세상 모든 일에는 순서와 때가 있는 법이거든. 나도 말이야. 이른 봄에 내 가지 끝에서 싹이 트기 시작하면 마음이 급해진단다. 빨리 무성한 나뭇잎을 조랑조랑 달고 눈부신 태양 아래 떡 버티고 서서 재재거리며 노래하는 새들을 불러 모으고 싶거든. 하지만 새 잎이 나고도 한참을 기다려야 이파리에 초록물이 들고 반들반들 윤이 나지. 그러고 나면 내가 부르지 않아도 새들이 찾아온단다. 그럴 때엔 시간이 흐르지 않았으면 좋겠다고 생각한단다. 그러나 보이지 않게 시간이 흘러 가을이 되고 내 몸에 붙어 있던 잎들이 하나 둘 떨어질 때면 무척 안타깝지. 하지만 이파리들을 내 몸에 잡아 둘 수는 없단다. 그 이유는 이파리들이 땅 속으로 가야만 할 때가 됐기 때문이야."

미루나무 아저씨는 말을 끝내고는 흰 눈이 쌓인 들판을 바라봅니다.

"아저씨, 졸려요."

송이는 미루나무 아저씨의 이야기를 듣는 둥 마는 둥 몸을 웅크리고 잠이 듭니다. 얼마쯤 지났을까. 미루나무 아저씨의 발 밑에 있던 작은 풀뿌리들이 기지개를 켜기 시작합니다. 작은 뿌리가 눈을 반짝이며 말합니다.

"어서 나가서 새싹을 틔워야지. 그리고 별과 꼭 닮은 노랑 꽃도 피울거야."

그러자 다른 뿌리가 다리를 죽죽 뻗으면서 말합니다.

"나는 분홍빛 꽃을 피울거야. 산등성이를 온통 꽃빛으로 물들일거야. 그러면 아이들이 가슴에 나를 한 아름 안고 즐거운 노래를 부르거든."

새싹들은 땅 위로 고개를 쏘옥 내밀고 나갑니다. 송이는 부러운 눈으로 그들을 바라보다가 다시 미루나무 아저씨의 발가락을 살살 간지럽힙니다.

"아저씨, 새싹들이 땅 위로 나갔어요. 저도 나가면 안 될까요?"

"아가야. 무척 지루한 모양이구나. 하지만 아직은 안 돼. 자칫 땅 위로 나갔다가 길을 잃게 되면 다른 짐승들이 잡아먹을지도 몰라. 조금만 더 기다리렴."

송이는 입을 다물고 몸을 움츠립니다. 그리고 눈을 꼬옥 감고 새싹들이 피워 낼 알록달록한 꽃들을 그려 보다가 잠이 듭니다.

잠이 든 송이가 눈을 뜹니다. 어디선가 사각사각하는 소리가 들려

왔기 때문입니다. 송이는 귀를 쫑긋 세우고 소리 나는 쪽을 살펴봅니다. 얼마 후 어둠 속에서 무언가 움직이는 물체가 다가옵니다. 그 물체는 느릿느릿 기어서 송이가 있는 곳으로 다가 옵니다. 덜컥 겁이 난 송이는 미루나무 아저씨의 발가락을 꼬집습니다. 그러자 웅웅 소리를 내고 있던 아저씨가 발가락을 움찔하더니 말합니다.

"아가야. 잠에서 깨어난게로구나. 심심한 모양이지?"

"그게 아니예요. 옆에 누군가가 다가와요. 무서워요."

"그래? 가만있자. 푸하하하…… 걱정할 것 없다. 그건 땅강아지야. 너를 헤칠 염려는 없으니 걱정 말아라. 잘하면 좋은 친구가 될 수도 있어."

"친구요? 그게 뭔대요?"

"으음……친구란 말이다. 함께 있으면 마음이 따뜻해지고 즐거워지는 것이라고 할 수 있지."

"아저씨도 친구가 있어요?"

"있구말구. 아주 친절하고 멋진 친구가 늘 내 곁에 있지."

"누구인지 궁금해요."

"늘 내 곁에서 떠나지 않고 노래를 불러 주는 바람이지."

"바람?"

"가만히 귀를 기울여 보렴. 그러면 내 친구가 내 팔에 앉아서 부르는 노랫소리를 들을 수 있지. 친구가 노래를 할 때면 나는 춤을 춘단다."

"저도 그런 친구가 있으면 좋겠어요. 아저씨. 땅강아지가 가까이 왔어요."

"그래, 그럼 잘 해 보려무나. 나는 저 멀리서 둥둥 떠오는 흰구름에게 강 건너 마을 소식이나 물어봐야겠구나."

미루나무는 하늘을 향해 팔을 쭈욱 올립니다. 송이는 사각사각 소리를 내며 다가오는 땅강아지를 유심히 살펴봅니다. 땅강아지는 콧노래를 부르면서 발로 부지런히 땅을 파헤칩니다. 송이의 바로 옆에 다가온 땅강아지는 콧노래를 멈추더니 사방을 두리번거립니다. 그러다가 미루나무 발가락 밑에 쪼그리고 있는 송이를 발견하고는 빙그레 웃습니다.

"호이, 여기에 귀여운 굼벵이가 있군. 안녕. 난 땅강아지야. 땅강아지란 이름은 우리 족속의 이름이고 내 진짜 이름은 토리야. 넌 언제부터 여기에 있었니?"

송이는 땅강아지를 아래위로 훑어봅니다. 그런데 보면 볼수록 징그럽고 정나미가 떨어집니다. 송이는 몸을 동그랗게 움츠리고는 들은 척도 하지 않습니다.

"이봐, 이렇게 만났는데 서로 사이 좋게 지내자구. 난 말이야. 이 땅 속의 일이라면 모르는 것이 없다니까. 어디에 굼벵이들이 있고 어디에 두더지가 있는지도 훤히 알지."

땅강아지는 발을 들썩이며 신나게 떠들어댑니다. 송이는 입을 비쭉 내밀고는 대꾸도 하지 않습니다.

"여봐, 그럴 것 없다구. 알고 보면 나도 멋쟁이라니까."

땅강아지가 엉덩이를 흔들며 말합니다.

"저리 가요. 난 못생긴 건 딱 질색이에요. 함께 있는 것조차 싫다구요."

그러자 땅강아지는 다리를 들썩거리고 수염을 흔들면서 춤을 춥니다.

"아휴, 요 귀여운 깍쟁이. 넌 어쩜 그렇게도 예쁘게 생겼니? 내가 말이야. 온 동네의 굼벵이란 굼벵이는 모두 만나봤지만 너처럼 귀엽게 생긴 굼벵이는 첨보거든."

땅강아지는 긴 수염 두 개를 배배 꼬면서 말합니다. 그 모습이 너무 우스워서 잔뜩 찡그리고 있던 송이도 참지 못하고 빙긋 웃고 맙니다. 귀엽게 생겼다는 말에 기분이 좋아진 송이가 눈을 반짝이며 입을 엽니다.

"나와 같은 굼벵이들이 또 있다구? 어디에 있어? 그리고 두더지는 뭐야?"

"가만가만……천천히 차근차근 질문을 해야지. 우선 너와 같은 족속인 다른 굼벵이들이 있는 곳을 알려 주지. 미루나무 옆으로 흐르는 개울을 따라가면 범바위골에 이르는데 그곳에 있는 정자 옆 느티나무 밑에 아주 많은 굼벵이들이 땅 위로 날아갈 날을 기다리며 살고 있지. 듣기로는 앞으로 이 년 후에 땅 위로 나간다고 했어."

"이 년 후? 그러면 나하고 같은 해에 나가는군."

"그렇지. 그런데 그게 쉬운 일만은 아니야."

"무슨 뜻이야?"

"간혹 고난을 겪기도 하거든."

"고난? 고난이라고? 그게 뭐지?"

송이는 눈을 반짝이며 땅강아지 곁으로 바짝 다가갑니다.

"고난이란 원하지 않는 일을 겪어야만 할 때에 느끼는 아픔이지."

"원하지 않는 일을 겪어야만 할 때에 느끼는 아픔?"

"예를 들면 지난 해에 느릅나무골 똘똘이 굼벵이를 입이 뾰족하고 몸에 털이 북슬거리는 험상궂게 생긴 두더지가 잡아먹어버렸지. 똘똘이 굼벵이는 느티나무골에 사는 굼벵이들 중에서 제일 영리하고 똑똑했지. 땅 위로 올라가서 고운 목소리로 노래를 부르려던 똘똘이 굼벵이의 꿈은 두더지의 습격으로 산산이 부서져버린거야. 그것은 죽은 똘똘이 굼벵이에게는 말할 것도 없고 똘똘이 굼벵이를 사랑하는 모든 굼벵이들의 고난이었어."

"여긴 안전해. 만약 두더지가 나타나면 미루나무 아저씨가 지켜 줄 거야."

"흐음, 그럴까. 아직 네가 이해하기에는 어려운 말이지만 산다는 건 혼자 걸어서 가야 하는 여행이야. 오직 걸어서. 뛰거나 날아갈 수가 없어. 하지만 진실한 친구가 있다면 훨씬 수월하지. 이제 가볼게. 내가 보고 싶거나 필요한 일이 생기면 눈을 감고 마음속으로 불러봐."

"마음속으로?"

"그래, 진구야. 친구야 하고 말이야."

토리는 콧노래를 부르며 땅을 파헤치더니 송이로부터 멀어져 갑니다. 멀어져 가는 토리를 바라보는 송이의 마음속에 아쉬운 마음이 밀려듭니다. 송이는 마음속으로 토리에게 말합니다.

"잘가. 좋은 친구. 내게 친절하게 대해줘서 고마워. 다음에 또 만나자."

또다시 따뜻한 봄이 왔습니다. 산과 들엔 꽃들이 피었습니다. 미루나무는 여전히 양 팔을 벌리고 서서 바람 친구의 노랫소리에 맞추어 춤을 추고 있고, 흰구름은 천천히 산을 넘어서 어디론가 날아갑니다. 송이는 긴잠에서 깨어나 기지개를 켭니다. 옆에 있던 새싹들이 땅 위로 나가서 랄랄랄……즐겁게 부르는 노랫소리가 들려옵니다. 송이는 이제 자신도 땅 위로 나갈 날이 머지않았음을 알고 있습니다. 자신의 몸도 예전에 비해 더욱 커졌고, 날개가 돋을 옆구리가 가끔 부풀어 오르기도 합니다. 송이는 눈을 감고 바깥세상을 생각합니다.

땅 위로 나가기만 하면 파란 하늘을 마음껏 날아다녀야지. 풀싹들이 틔운 예쁜 꽃들을 만나서 도란도란 이야기를 나누고, 미루나무 아저씨의 품속에 들어가서 고운 목소리로 노래도 불러야지. 할 수만 있다면 다른 친구들과 함께 소리를 모아서 즐겁게 합창도 할 거야. 그러면 세상이 온통 고운 노랫소리로 가득 찰거야.

송이가 그런 상상을 할 때면 마음이 무척 즐거워지기도 하고, 반대로 땅 속의 시간이 더욱 지루하게 느껴지기도 합니다. 송이는 미루나무의 발가락을 살살 간지럽힙니다.

"잘잤니? 기분이 좋은 모양이구나."

"예, 아저씨. 이제 제가 땅 위로 나갈 날이 머지 않았거든요."

"그래, 그랬으면 좋겠다만……."

왠일인지 미루나무 아저씨는 말끝을 흐립니다.

"아저씨, 제가 나가기만 하면 제일 먼저 아저씨께 노래를 불러 드리겠어요. 지금부터 연습하고 있는 걸요. 아직 소리는 나지 않지만 마음속으로 노래를 부르고 있어요."

"그래, 고맙구나. 그런데, 그런데 말이다. 아가야, 사실은……."

"아저씨. 무슨 말씀이세요?"

"그게 말이다. 저어……아니다. 아가야. 다음에 이야기하자구나. 난 지금 내 친구가 찾아와서 말이야."

미루나무 아저씨는 할 말이 있는 듯 했지만 하지 않고 바람과 이야기를 주고받습니다. 송이는 하루 빨리 여름이 오기를 기다리며 흙 속에 섞여 있는 작은 벌레들을 먹기도 하고 몸을 꿈틀거리면서 운동을 하기도 합니다.

그러던 어느 날, 잠을 자고 있던 송이는 이상한 느낌에 눈을 번쩍 뜹니다. 온몸에 힘이 넘치면서 하늘로 날아오르고 싶은 충동이 나는 것이 아니겠어요. 드디어 땅 위로 나갈 날이 왔다고 생각한 송이는 있는 힘을 다해 머리 위의 흙을 밀어냅니다. 그런데 어쩐 일인지 흙은 꿈쩍도 하지 않습니다. 여러 번 흙을 뚫고 나가려고 안간힘을 다 썼지만 소용이 없습니다. 지칠 대로 지친 송이는 미루나무 아저씨의 발가락을 흔듭니다.

"아저씨. 아저씨. 갑자기 제 몸이 자꾸만 위로 솟아오르려고 했어요. 그래서 온몸으로 땅을 뚫고 나가려고 했지만 땅은 꿈쩍도 하지 않아요."

"허어, 때가 되었는데 이를 어쩐다?"

"네? 무슨 말씀이세요."

"아가야. 마음을 안정시키고 내 이야기를 들어 보거라. 진즉에 이야기를 하려고 했지만 차마 입이 떨어지지가 않더구나."

"무슨 이야긴대요?"

"땅 위에는 산과 들, 그리고 꽃들 외에도 많은 것이 있단다. 그중에서 가장 머리가 영리하고 재주가 많은 동물이 하나 있지."

"그게 뭐예요."

"사람이란다. 그런데 그들은 영리하고 재주만 좋은 것이 아니라 가끔 엉뚱하기도 해서 산을 깎아서 평지로 만들기도 하고, 산보다 높은 건물을 짓기도 하지."

"우와, 대단해요."

"그런데 그들이 사용하는 물질 중에 콘크리트라는 것이 있는데, 그것이 만드는 것은 딱딱한 벽이란다. 그 물질이 스쳐가기만 하면 모든 것들이 금세 회색빛으로 굳어 버리지. 그곳에선 꽃과 풀들이 싹을 틔울 수가 없어. 내 친구 바람이 스며들 틈도 없단다. 그러니 죽은 땅이지. 그리고 그런 죽은 땅들이 날이 갈수록 늘어나고 있단다."

"그런데 왜 그런 이야길 저한테 하시는 거죠?"

"아가야. 지금 나로서도 어쩌지 못할 일이 벌어졌단다. 얼마 전에 사람들이 내 발 밑에 콘크리트를 몽땅 부어 놨어."

"그, 그럼 제가 있는 이곳의 흙도 딱딱하게 굳었나요?"

"쯧쯧쯧⋯⋯우리들 자연은, 사람들을 친구로 생각하는데 사람들의 생각은 그렇지가 않아. 늘 부수고 때려서 자신들만 편리하도록 만들거든. 결국에는 그와 반대로 될 텐데도 말이야."

미루나무는 먼 들판으로 눈길을 돌립니다. 송이는 할 말을 잃고 말았습니다. 그러나 믿어지지가 않아서 다시 온몸으로 흙을 밀어 올립니다. 그러나 소용이 없습니다.

미루나무 아저씨는 연신 혀를 끌끌 차면서 안타까운 눈길로 바라보지만 아무런 도움도 줄 수가 없습니다. 송이는 깜깜한 땅 속에서 몸을 웅크리고 가만히 앉아 있습니다. 옆구리가 간질거리거나 몸이 자꾸만 위로 솟구치려고 할 때면 입술을 꼬옥 깨물며 참습니다. 전보다 더욱 깜깜하게 느껴지는 땅 속은 숨이 막힐 지경으로 답답합니다. 송이는 아무도 가르쳐주지 않았지만 알고 있습니다. 자신이 어떻게 될 것인지.

미루나무 아저씨가 송이를 쓰다듬어줍니다. 며칠째 아무것도 먹지 않고 누워 있던 송이는 힘없이 눈을 뜹니다.

"아가야. 그러고만 있지 말고 무언가 방법을 찾아 보렴."

"방법이라구요? 다 소용없는 일이에요. 저렇게 딱딱한 흙을 뚫고 나갈 수는 없어요."

"하지만 아가야. 세상일이란 문제가 생기면 그 문제를 풀 수 있는

방법도 어딘가에 숨어 있단다. 다만 찾는 사람의 마음가짐이 문제
지."

"하지만 이런 경우엔 방법이 있을 것 같지 않아요."

"생각해 보렴."

미루나무는 다시 머언 들판을 바라봅니다. 송이는 다시 몸을 웅크
리고는 지나간 시간들을 떠올려 봅니다. 가장 즐거웠던 일을 떠올려
봅니다. 못생긴 땅강아지가 찾아와서 엉덩이를 흔들며 춤을 추고, 다
른 굼벵이들의 소식을 전해 주었던 일이 새삼 아름다운 추억으로 떠
오릅니다. 그러자 땅강아지가 한 말이 문득 생각납니다.

'내가 보고 싶거나 필요한 일이 생기면 마음속으로 불러봐.'

송이는 부질없는 일이라고 생각하며 고개를 흔들다가 마음속으로
간절히 불러 봅니다.

'친구야. 친구야. 그리운 친구야. 내게 친절하게 대해줘서 고마워.
친구야. 친구야. 넌 참 멋진 친구였어.'

갑자기 눈시울이 뜨거워지면서 가슴에 슬픔이 복받칩니다. 송이는
울먹이다가 지쳐서 잠이 듭니다. 얼마나 시간이 흘렀을까. 송이는 사
각사각하는 소리에 눈을 뜹니다. 소리 나는 쪽을 바라보니 누군가가
불쑥 나타납니다. 바로 토리가 아니 겠어요? 송이는 놀라움에 숨이
막힐 지경이었어요.

"안녕, 친구. 뭘 그리 놀라지?"

"너무 신기해. 사실 내가 널 마음속으로 불렀거든."

"거봐. 내가 뭐라고 했어. 마음이라는 건 말이야. 보이지는 않지만 간절히 원하는 쪽으로 끌려가게 돼 있거든. 그건 그렇고 땅 속의 일이라면 모르는 일이 없는 내가 친구가 지금 처한 상황을 모를 리가 없지. 생각지도 않았던 일이 벌어진 거야. 내가 심심해서 며칠 전에 땅 위로 나가보니 범바위골 굼벵이들은 모두 나가서 느티나무에 앉아 신나게 노래를 부르고 있더군. 그런데 말씀이야. 여긴……."

"나도 알고 있어. 난 땅 위로 나갈 수 없어. 이렇게 땅 속에 있다가 곧 죽게 될 거야. 흑흑……."

"그만그만, 진정해. 한번 생각을 해 보자구. 그럼 분명 땅 위로 나갈 방법이 있을 거야. 그렇지, 그렇지. 나를 따라와. 좀 힘들긴 해도 내가 여기서 범바위골로 가는 길을 뚫을테니 네가 따라 오는 거야. 그곳엔 아직 콘크리트가 나타나지 않았거든."

말을 마친 토리는 부지런히 흙을 파헤치면서 길을 만듭니다. 송이는 미루나무의 발가락을 간지럽힙니다.

"아가야. 왜 그러니?"

"제가 이제 아저씨에게서 떠나게 되었어요. 제 친구 토리가 길을 만들고 있어요."

"그래 그거 잘됐구나. 부디 무사히 땅 위로 올라가서 네 꿈을 이루도록 나도 간절히 기도하마."

"아저씨 고맙습니다. 제가 언젠가는 아저씨 품에 앉아 노래를 부를 거예요. 그때까지 안녕히 계세요."

미루나무 아저씨에게 인사를 하곤 송이는 부지런히 토리를 따라갑니다. 그러나 아무리 몸을 부지런히 움직여도 제대로 토리를 따라갈 수가 없고 흙 속에 섞인 뾰족한 돌에 온몸이 긁힐 때면 차라리 포기하고 싶어집니다. 무엇보다도 땅 속에 뻗어 있는 나무뿌리에 온몸이 휘감겨서 꼼짝 못할 때면 저절로 눈물이 나옵니다. 지친 송이가 울먹이며 말합니다.

"나 그만 둘래. 차라리 땅 속에서 죽는 게 낫겠어."

"무슨 소리야. 이미 시작한 일이니 고통스럽고 혹시 실패를 하는 한이 있어도 해 보는 거야. 그리고 지금 더욱 서둘러야 돼. 그렇지 않으면 네 몸에서 날개가 나올 시기를 놓치게 돼."

"날개가 나올 시기라고?"

"응. 네가 땅 속에서 일곱 해를 기다린 것도 모두 순서에 의한 거야. 이젠 네가 한시바삐 땅 위로 올라가서 몸에서 돋아 나오는 날개를 펼쳐야만 돼. 만약 그러지 못하면 그냥 지금처럼 굼벵이로 남게 돼. 영원히. 시간은 멈추지 않거든."

송이는 그 말을 듣고 상처투성이가 되어 쓰라린 몸을 일으켜 열심히 토리를 따라갑니다. 쉬지 않고 땅을 파면서 앞서 가던 토리가 이마의 땀을 훔치며 말합니다.

"잠시 쉬었다가 가자."

"그래. 나 때문에 네가 고생하는구나. 미안해."

"미안하긴……그런 말 하지 마. 결국 네가 나를 도와주는 것이니까."

"내가 너를 돕는다고?"

"응, 나는 어릴 적부터 땅 속을 헤매거나 가끔 땅 위로 올라가서 세상 구경을 하곤 했어. 땅 위에는 재미있고 신기한 것들이 참 많지. 그 중에 나비라는 친구는 날개를 팔랑거리면서 꽃밭 위를 날아다니지. 그래서 그런지 날개의 색깔이 꽃처럼 아름다워. 또 연못에 가면 은빛 물고기가 꼬리를 살랑거리면서 한가롭게 물 속을 헤엄치지. 그 모습이 얼마나 부드럽고 아름다운 줄 알아? 그뿐만이 아니야. 멍멍 멍……하고 좀 듣기 거북한 소리를 내는 강아지란 친구는 사람들이 사는 집을 잘 지켜서 늘 귀여움을 받지. 어떤 강아지는 아예 집 주인하고 같은 방에서 살기도 해. 그런 것을 볼 때마다 나는 우울해져. 내겐 별다른 재주가 없거든. 뿐만 아니라 생김새도 이렇게 못생겼고 또 사람들은 날 해로운 벌레라고 하면서 눈에 띄기만 하면 죽이려고 해.

그래서 다시 땅 속으로 들어간단다. 차라리 컴컴한 곳이 내겐 어울리기 때문이야."

"그랬구나. 그래도 넌 명랑해보이던데……."

"으응, 그건 내 스스로 나를 행복하게 만드는 방법이야. 그런데 그것보다 나를 더 행복하게 만드는 방법이 있지."

"그게 뭔대?"

"나중에 알려 줄게……쉿, 조용히 해봐."

토리는 땅에 귀를 바짝 대고 꼼짝을 않고 있습니다. 그러다가 별안간 몸을 일으키더니 다급한 소리로 말합니다.

"큰일났어. 두더지가 오고 있어. 아직은 꽤 떨어진 거리에 있으니 염려할 건 없지만 우리가 지나온 길 쪽에 있으니 쫓아 올지도 몰라. 그러니 한시도 지체해선 안 돼."

토리는 더욱 빠르게 땅을 파헤칩니다. 송이도 상처난 몸에서 피가 흐르는 것을 꾹 참고 토리가 만드는 길을 따라 갑니다. 그런데 어디선가 쿵쿵 하고 땅이 울리는 소리가 들려오는 것이었어요. 수염을 앞으로 죽 뽑고 몸을 곤두세우던 토리는 다급한 목소리로 말합니다.

"큰일났다. 두더지가 우리를 쫓아 왔어. 바로 이 근처야."

"이제 우린 어떡해. 여기서 죽게 생겼잖아. 이럴 줄 알았으면 차라리 오지 말걸."

"아니야. 그런 생각은 하면 안 돼. 침착하게 방법을 생각해 보자. 두더지는 냄새는 잘 맡지만 눈은 좋지 않아. 그러니 우리가 온몸에 흙을 바르자. 그러려면 축축한 흙을 찾아야 해."

토리는 앞발로 부지런히 사방의 흙을 파기 시작합니다. 그러다가 가쁜 목소리로 송이를 부릅니다.

"이 쪽이야. 얼른와. 젖은 흙이 있어."

토리는 송이의 몸에 흙을 바릅니다. 송이의 몸이 온통 흙으로 범벅이 되자 이번에는 자신의 몸에도 흙을 바르기 시작합니다. 그런데 큰일났어요. 쿵쿵거리는 소리가 바로 등 뒤에서 들리는 겁니다. 송이는 몸을 공처럼 오므리고 땅에 바짝 엎드립니다. 토리는 미처 흙을 바르지 못한 등을 땅에 찰싹 붙이고 숨을 죽이고 누워 있습니다. 곧 두더지가 나타났습니다. 토리와 송이가 있는 곳에서 멈춘 두더지는 뾰족한 입을 사방으로 흔들고, 작은 눈을 연신 굴리면서 무언가를 찾는 듯합니다.

"이상하다. 분명 이쯤에 있을 텐데⋯⋯."

한참 동안 고개를 갸웃거리면서 사방을 둘러보던 두더지는 하품을 하더니 그 자리에 눕습니다. 그리고는 이내 코를 골면서 잠이 듭니다. 어둠 속에서 꼼짝도 할 수 없게 된 송이와 토리는 두더지가 잠에서 깨어나기를 기다릴 수밖에 없게 되었어요. 송이는 무서움에 덜덜 떨다가 느티나무 아저씨 생각을 합니다. 어쩌면 다시는 아저씨를 만나지 못하게 될지도 모른다고 생각하니 눈물이 나옵니다. 그래서 마음속으로 아저씨를 불러 봅니다.

"아저씨. 고마운 느티나무 아저씨. 보고 싶어요. 전 날개가 달린 매미가 되어서 아저씨 품속에서 노래를 하고 싶었어요. 그런데 지금 고난이 닥쳐왔어요. 제 힘으로는 어쩔 수가 없어요."

바로 그때, 두더지가 누워 있는 동굴 위쪽에서 흙이 떨어져 내립니다. 움찔 놀라서 깨어난 두더지는 눈을 뜨고 사방을 둘러봅니다. 송이와 토리는 숨을 죽이고 잔뜩 몸을 웅크리고 있습니다. 두더지는 송이의 바로 앞에서 하품을 늘어지게 하더니 앞발로 흙을 파헤치기 시작합니다. 그러더니 빠른 속도로 어둠 속으로 사라집니다. 숨을 죽이고 있던 송이와 토리는 한숨을 크게 내쉬면서 서로 바라봅니다.

"휴우, 죽는 줄 알았어."

송이가 빙긋 웃으면서 말합니다.

"우리는 고난과 만났지만 겪은 건 아니야. 지혜롭게 행동했기 때문에 피할 수 있었어."

"맞아."

송이와 토리는 온통 진흙으로 범벅이 된 서로의 몸을 보면서 웃습니다.

"어서 가자. 이러고 있을 때가 아니야. 이제 얼마 남지 않았어. 저쪽에 아마도 두엄이 있을 거야. 그곳만 지나면 돼."

토리는 부지런히 흙을 파헤칩니다. 그런데 흙 속에 나무뿌리와 자갈이 엉켜있어서 앞으로 나갈 수가 없습니다. 토리는 네 개의 발을 모두 사용하여 흙을 파헤칩니다.

전보다 속도는 느렸지만 흙을 파헤치는 토리의 솜씨는 눈에 띄게 늘었습니다.

얼마나 시간이 흘렀을까.

"거의 다 온 것 같애. 내가 땅 위로 길을 낼 테니 날 따라서 올라와."

그런데 토리의 목소리가 작고 힘이 없습니다.

토리가 파헤친 길을 따라 땅 위로 올라온 송이는 크게 숨을 내 쉽니다. 그리고는 눈앞에 펼쳐진 세상 풍경을 넋을 놓고 바라봅니다.

"저길 봐. 저게 산인가 봐. 녹색 나무들이 우뚝우뚝 서 있네. 그리고 들판엔 꽃들이 흔들거리고 있어. 아, 저 냇물. 그리고 느티나무. 나비는 어디에 있을까. 그리고 새들도 만나보아야지. 저길 보라구. 저기 하늘 위에서 둥둥거리는 건 뭐야?"

그런데 아무 대답이 없습니다. 송이는 그때서야 토리를 바라봅니다.

"세상에, 이럴 수가……."

토리의 몸은 온통 상처투성이고 앞발은 한 개가 부러지고 없습니

다. 돌과 나무뿌리에 긁힌 몸에선 누런 물이 끈적끈적 흐르고 허리는
휘어져 있습니다.

"토리야. 토리야. 정신 차려. 눈을 뜨고 나를 좀 봐."

송이가 토리의 몸을 흔들자 토리가 힘겹게 눈을 뜹니다.

"친구. 어서 저 나무 위로 올라가. 곧 날개가 솟아 나올 거야. 그리
고 나무 꼭대기에 올라가서 소리를 내 봐. 아름다운 소리를……."

"싫어. 이젠 싫어. 날개도 아름다운 노래도 다 소용없어. 내겐 친구
너만 있으면 돼. 그러니 눈을 좀 떠 봐."

"친구, 난 이제 어디론가 떠나야 돼. 그곳이 어딘지는 나도 몰라.
이것이 순리라는 거야. 그리고 네게 고마워."

"내게 고맙다니? 널 죽게 만든 건 나야. 나 때문에 네가 이렇게 된
거라구."

"아니야. 언젠가 이야기를 나눈 적이 있지? 행복에 대해서 말이야.
못생기고 남에게 해만 끼치면서 사는 나를 다들 싫어했어. 그땐 슬프
고 불행했었지. 그런데 너를 만났을 때 네가 처음에는 날 싫어했지만
곧 나를 친구로 대해주었지. 그리고 곤경에 처한 너와 다시 만나 함
께 고통을 나누면서 마음속에 기쁨을 느꼈어. 그러니까 진정한 행복
이란 서로 사랑하고 어려움을 나눌 때에 생기는 거야. 난 지금 무척
기쁘고 행복해. 네가 꿈을 이룰 수 있게 되었으니까…… 네 노랫소리

를 듣고 싶어."

송이는 점점 작아지는 토리의 목소리를 들으면서 나무에 오르기로 결심을 합니다. 나무 밑으로 다가간 송이는 있는 힘을 다해서 나무 위로 기어오릅니다. 나무의 중간쯤 올랐을 무렵 옆구리가 아파옵니다. 송이는 정신을 잃고 나뭇가지에 쓰러집니다.

얼마 후 송이가 정신을 차렸을 때는 자신의 옆구리에 투명하고 아름다운 두 쌍의 날개가 팔랑거리고 있었어요. 송이는 나무 꼭대기로 날아가서 커다란 가지에 앉아 고운 소리로 노래를 부릅니다. 나무 아래에서 자신의 노래를 듣고 있을 토리를 생각하며 더욱 크고 고운 소리로 노래를 부릅니다. 그러다가 날개를 팔락거리면서 토리가 쓰러져 있는 나무 아래로 날아갑니다.

"친구, 내가 왔어. 내 노래 들었지?"

토리는 빙긋 웃으면서 고개를 끄덕입니다.

"이봐, 친구. 제발 정신을 차려봐. 눈을 감으면 안 돼."

그러나 토리는 눈을 뜨지 않습니다. 이제 매미로 변신한 송이의 날개에 몸을 기대면서 고개를 떨굽니다. 송이는 토리의 귀에 가만가만 속삭입니다.

"내가 나가서 노래를 부를 게. 사람들에게 우리들이 죽어가고 있다고 알려 줄게. 우리들이 없는 세상에선 사람들도 살 수가 없을 테니까. 미루나무 아저씨의 말씀처럼 땅 위에 있는 모든 것들은 서로가 친구라고 알려줄 거야. 그러면 언젠가는 깨달을 거야. 그러면 세상이 더욱 아름다워지겠지."

송이는 토리를 느티나무 밑에 정성껏 묻어 두고 힘차게 날갯짓을 하며 푸른 하늘 저편으로 날아갑니다.

그림 _ 임선희

프리랜서. 대학에서 디자인을 전공하고 졸업 후 출판사에서 동화 일러스트레이터로
근무하였다. 여러 출판사에서 일러스트, 디자인 팀장으로 근무하던 중 일본 유학을 결
정하고, 유학 후 다양한 분야의 일러스트레이터로 활동하였다. 미술 교육원을 운영하
며 아이들을 위한 그림을 그리고 있다.
명작동화, 전래동화 배경, 안데르센동화 일러스트, 명작동화 일러스트, 무대극 배경
일러스트, 문구, 팬시, 캐릭터디자인, 학습지, 유치원 교재 일러스트, 단편동화 일러스
트 등 다수.
일본 코단샤 kfs 주최 엽서 일러스트 공모전 가작, 일본 kfs 일러스트 대전 준입선.
Homepage:www.colorai.com

꽃이 피는 의자

1쇄 발행일 | 2012년 1월 30일

지은이 | 유승희
펴낸이 | 정화숙
펴낸곳 | 개미

출판등록 | 제313 - 2001 - 61호 1992. 2. 18
주소 | (121 - 736) 서울시 마포구 마포동 136 - 1 한신빌딩 B - 122호
전화 | (02)704 - 2546, 704 - 2235
팩스 | (02)714 - 2365
E-mail | lily12140@hanmail.net

ⓒ 유승희, 2012
ISBN 978 - 89 - 94459 - 17 - 2 03810

값 9,000원